Astolfe

OU

LA FORTUNE AU BOUT DU MONDE.

EN 4 ACTES ET EN VERS,

Par l'auteur du Marquis Tulipano.

Ces gens-là, croyez-moi, sont d'assez pauvres êtres ;
C'est un amalgame confus
De courtisans, de bigots et de prêtres ;
Un vrai triumvirat de traîtres !
Mais ces traîtres sont démasqués :
Ils tomberont, s'ils sont bien attaqués.

ASTOLFE, *act.* 2, *sc.* 4.

PRIX : 3 FR. 50 C.

CHEZ FAYOLLE LIBRAIRE,

RUE DU REMPART SAINT-HONORÉ, n. 9.

SEPTEMBRE 1829.

Paris, Imprimerie de Gaultier-Laguionie.

Astolfe

OU

LA FORTUNE AU BOUT DU MONDE.

Astolfe

OU

LA FORTUNE AU BOUT DU MONDE.

Drame Héroi — Comique

EN 4 ACTES ET EN VERS,

Par l'auteur du Marquis Tulipano.

Ces gens-là, croyez-moi, sont d'assez pauvres êtres ;
C'est un amalgame confus
De courtisans, de bigots et de prêtres,
Un vrai triumvirat de traîtres !
Mais ces traîtres sont démasqués :
Ils tomberont, s'ils sont bien attaqués.

ASTOLFE, *act.* 2, *sc.* 4.

Paris,

CHEZ FAYOLLE LIBRAIRE,
RUE DU REMPART SAINT-HONORÉ, n. 9.

1829.

Un auteur éconduit par un tribunal dramatique, est dans une situation très fausse, quand il appelle au jugement public, de l'arrêt qui l'a condamné; au lieu d'améliorer son sort, il le rend ainsi plus pénible; devant les juges de son choix, il ne répond que des défauts de son ouvrage; et devant l'autre tribunal, il a à surmonter de plus l'autorité de la chose jugée et l'insouciance des juges! Qu'importe en effet au public qu'un mauvais poème de plus vienne augmenter le nombre de ceux qu'il admire en bâillant? il est donc, je le répète, peu de situations plus embarrassantes et plus fausses, si l'on en excepte pourtant celle de nos nouveaux ministres. Cette situation est la mienne; je ferai ce qu'ils devraient faire : je me hâterai d'en sortir.

Après deux ou trois mois d'attente, cet ouvrage vient d'obtenir tout récemment les honneurs de la lecture. MM. Ducis et Saint-Georges, directeurs privilégiés du théâtre royal de l'Opéra-Comique ,

formaient à eux seuls la cour devant laquelle la
cause se plaidait; c'était une audience à huis-clos,
octroyée après bien des peines. Cette noble con-
cession ne tourna pas au profit de la cause; l'avo-
cat sua sang et eau, pour *déglacer* son auditoire;
fond, moyens, plaidoirie et style, tout fut em-
ployé vainement; rien ne put détourner la fatale
sentence; et il fut résolu qu'*Astolfe* devait chercher fortune ailleurs.

La chose n'était pas facile; ces deux Messieurs en
parlaient à leur aise; et, grâce au royal privilége,
le pauvre Astolfe aurait couru long-temps sans
trouver où poser sa tête! Toutefois, comme après
le chagrin de voir ainsi rebuter son enfant, il
n'en est pas de plus grand pour un père, que la
conviction de l'inutilité des peines qu'il a prises
pour le pousser; ne pouvant élever le mien jusqu'aux honneurs du théâtre comique, je veux le
voir se pavaner à l'étalage du libraire. Là, du
moins, il sera *tranquille!* bon ou mauvais, en-
nuyeux ou plaisant, il sera là en grande compa-
gnie! si le goût public le dédaigne, il aura le sort
de tant d'autres : il pourrira *en sûreté*; si la criti-
que veut l'atteindre, il ne s'en trouvera que mieux;
pour en parler il faudra bien le lire, et pour le
lire il faudra l'acheter.

Eh! qui sait si parmi tant d'oisifs, tant de goûts et tant de lecteurs, parmi les sept à huit cent mille autres juges qui siégent dans la capitale, il n'en sera pas quelques uns qui le traitent un peu moins rudement que les juges à privilége? Qui sait si sa joyeuse humeur, sa philosophie, sa prudence, ne compenseront pas, pour eux, tant de défauts qu'on lui reproche? Qui sait si les femmes, surtout, ne lui réservent pas un accueil plus favorable? les femmes aiment le courage, et mon Astolfe en a beaucoup; il n'est pas de danger qu'on ne lui voie braver pour elles; il est généreux, il est bon, il est jeune, il est militaire, il se passionne aisément, il a de petits torts et de grandes moustaches, il leur plaira, j'en suis certain; et me voilà presque tranquille sur le sort de ce cher enfant!

Une difficulté restait : il s'agissait encore de trouver un éditeur qui pût apprécier au juste le talent du pauvre proscrit? après avoir frappé à bien des portes, le hasard me fit découvrir un libraire qui savait lire, un homme en état de juger le livre qu'on lui présentait; c'était une de ces fortunes qu'on rencontre assez rarement : je me hâtai de la saisir; et voilà l'histoire de l'ouvrage.

Le lecteur ne s'attend pas que j'en fasse l'éloge moi-même ? je ne suis pas de ces auteurs qui, en vous parlant de leur livre, ont le rare front de vous dire : *l'ouvrage est de moi*, *il est bon !* mais, dans l'intérêt du libraire, et modestie d'auteur à part, je le tiens pour aussi passable que tant d'autres qui ont passé.

ASTOLFE

ou

LA FORTUNE AU BOUT DU MONDE.

PERSONNAGES.

LIM-GA-Y, reine de Corée.

CHING-TU, chef des bonzes de la secte de Xaca.

TING-TAM, président du Si-Pu ou premier conseil de l'État.

HO-HAM-TI, grand-maître des cérémonies.

TI-TZI, jeune esclave favorite de la reine.

ASTOLFE, officier de fortune français.

MENDOCE, noble portugais.

Colaos; Mandarins militaires et lettrés.

Bonzes du temple de Xaca.

Esclaves, soldats, bûcherons, Coréens.

L'action se passe d'abord aux environs de Kin-Ki-Tao capitale de la presqu'île de Corée; puis dans la ville même, et dans l'intérieur du palais.

ASTOLFE

OU

LA FORTUNE AU BOUT DU MONDE.

~~~~~~

ACTE PREMIER.

Le théâtre représente une forêt au bord de la mer, aperçue dans
le fond et à la gauche du spectateur ; à la droite est une
vaste caverne creusée dans un rocher qui domine la mer. Le
jour commence à poindre.

SCÈNE PREMIÈRE.

INTRODUCTION.

CHOEUR DES BUCHERONS, arrivant dans la forêt.

A dorer ces monts
Le soleil commence,
Et de nos vallons
Trouble le silence.
Déjà les troupeaux
Sortent des hameaux ;
Et dans son langage
L'oiseau du bocage
De l'astre du jour
Chante le retour.

PREMIER BUCHERON.

Frais et dispos, sans nul regret
Devançant l'aube matinière,
Le bûcheron, pour la forêt,
Quitte sa femme et sa chaumière.
Tout est en paix au fond des bois,
L'oiseau même repose encore,
Quand il unit, pour éveiller l'aurore,
Les coups de sa cognée aux accents de sa voix!

SECOND BUCHERON.

L'air est calme, le ciel tranquille,
Tout nous annonce un jour serein;
Et moi, sans être trop habile,
Je me dis : l'orage est prochain !

LES AUTRES.

Oh, l'excellente tête !
Gloire au seigneur Ham-di !
Il est vraiment prophète :
Il voit la lune en plein midi !

LE MÊME , en montrant la mer.

Voyez-vous pas cette hirondelle
Raser la surface des eaux ?

LES AUTRES.

Eh ! que nous fait ton hirondelle,
Si la nature est en repos ?

LE MÊME.

Mais de l'élément infidèle,
Voyez-vous pas frémir les flots ?

LES MÊMES.

Le trouble est seul en ta cervelle,
Autour de nous tout est repos !

LE MÊME.

(Ensemble.)

Oui, sans être prophète
C'est moi qui le prédi :
Une horrible tempête
Fondra sur nous avant midi !

LES MÊMES.

Oh, l'excellente tête !
Gloire au seigneur Ham-di !
Il est vraiment prophète :
Il voit la lune en plein midi !

———

(Tandis qu'ils se mettent à l'ouvrage l'horizon s'obscurcit peu à peu.)

SECOND BUCHERON, montrant le ciel qui se couvre de nuages.
Voyez plutôt : que vous avais-je dit ?

LES AUTRES.

Voilà l'orage : il nous l'avait prédit !

Le tonnerre se fait entendre. De moment en moment la mer devient plus hou-
leuse. Un orage affreux se déclare. Un vaisseau en détresse est aperçu dans
le lointain. Les bûcherons cessent l'ouvrage.

LES MÊMES.

Quelle horrible tempête !
Il nous l'avait bien dit !

LE MÊME, à part.

Cet orage en ma tête
Etait sans doute écrit ?

TOUS, en se portant vers le rivage.

Le vent s'élève,
L'air s'obscurcit ;
Contre la grève
Le flot qui crève,
Gronde et mugit !

PREMIER BUCHERON, vers le fond.

Battu par l'orage,
Non loin du rivage,
Sur ce roc sauvage,
Prêt à l'entrouvrir,
Ce vaisseau s'élance,
Et sans espérance,
En notre présence
Bientôt va périr !

TOUS.

J'entends le canon de détresse ;
J'entends les cris des malheureux....
La mort les entoure et les presse :
Sombre tableau ! moment affreux !
Ils vont périr : courrons vers eux !

(Ils sortent tumultueusement du côté où le navire a disparu.)

FIN DE L'INTRODUCTION.

SCÈNE II.

La mer se calme peu à peu. Échappés au commun naufrage, ASTOLFE et MENDOCE, tous deux armés d'une carabine, sont aperçus sur un des mâts du vaisseau que le flux pousse vers le rivage. Il est jour.

MENDOCE, sautant à terre.

Où sommes nous?

ASTOLFE, de même, en déposant sur le rivage un petit baril d
poudre.

Quel étrange souci?
Le lieu ne m'inquiète guère;
L'important, c'est d'être sur terre;
Et, grace au ciel, nous y voici!

MENDOCE.

Quel tableau! quelle scène horrible!
J'en tremble encore!

ASTOLFE, essuyant son arme.

A dire vrai,
Le début n'était pas très gai :
Le dénoûment est moins terrible.

MENDOCE.

Moins terrible! plaisantez-vous?
Les vents déchaînés contre nous,
Le flot qui jusqu'au ciel nous porte,
Et qui finit par nous engloutir tous!

ASTOLFE.

Tous ? la figure est un peu forte ;
Et, n'en déplaise à votre avis,
Ni vous ni moi ne sommes engloutis.

MENDOCE.

Ce sang-froid-là tient du délire ?

ASTOLFE.

Quand, comme vous, désolé, confondu,
Je maudirais l'orage et le navire,
Celui-ci n'en serait ni plus ni moins perdu ?
Je pleurerais : j'aime mieux rire !
Le pouvoir du malheur dépend de notre esprit ;
S'aigrissant dès que l'on fléchit,
Fléchissant dès que l'on se fâche,
Il ressemble au courroux d'un lâche
Qui, si vous le bravez, s'enfuit.

MENDOCE.

Ignorant jusqu'au nom de cette affreuse plage,
Mourant de fatigue et de faim,
Sans argent, sans toit et sans pain,
Voilà bien le moment de raisonner en sage !

ASTOLFE.

C'est que vous voyez tout en noir !

MENDOCE.

Eh ! comment voyez-vous vous-même ?
Est-il un malheur plus extrême ?
Un sort....?

ASTOLFE.

Il est fâcheux, mais non pas sans espoir.
Nous sommes, dites-vous, sur des rives ingrates?
Aux yeux du malheur en courroux,
Les lieux les plus charmans ne sauraient être doux!
Nous avons faim? voilà des dattes!
L'argent nous manque? ici, qu'en ferions-nous?
Pour ranimer notre courage,
Nous aurions besoin de repos?
L'air embaumé de cette plage.,
Ces hauts palmiers, leur doux ombrage,
Ce gazon, le chant des oiseaux,
Valent bien le bruit du tangage,
L'affreux mugissement des flots,
Les voix, les cris des matelots,
Et l'air impur des plus riches vaisseaux!
Enfin, vous ignorez jusqu'aux lieux où vous êtes?
Mais ces lieux seront habités
Par des hommes ou par des bêtes;
Et dans nos climats si vantés
Il est peut-être encor moins de variétés?

MENDOCE, avec humeur.

Il suffit; j'aurais tort, sans doute,
De mesurer vos regrets sur le mien;
Ce malheur ne vous ôte rien,
Et vous savez ce qu'il me coûte!
De Lisbonne partis sur le même vaisseau....

ASTOLFE.

Oui, vous alliez à Macao,

Pour épouser une riche héritière;
  Moi, las de suivre une aride carrière,
    Loin des climats où je naquis,
Loin de l'heureuse France et de l'heureux Paris,
J'allais chercher fortune au bout du monde, en Chine!
    Car, tel est l'homme en ses vœux indécis;
      Et tout malheureux imagine
Qu'il changera de sort en changeant de pays!
      Nos destins et notre espérance
      (Avec vous j'en tombe d'accord)
      N'avaient aucune ressemblance
      Au moment de quitter le port.
      Pendant cette tempête horrible,
      La différence faiblissait;
      Sur la planche qui nous sauvait,
      Elle était encor moins sensible....
      Elle disparaît maintenant;
      Et sur ce nouveau continent,
Où nous allons sans doute, errant à l'aventure,
      Aux plus féroces animaux
      Disputer notre nourriture,
      Don Mendos y los Manillos
      Ne fait pas plus noble figure,
D'espérance et de droits n'est ni plus ni moins lourd,
      Que le pauvre Astolfe tout court!
Qu'en dites-vous, seigneur?

           MENDOCE, toujours avec humeur.

                    Sur ces horribles côtes,
  Je dis que nous ferions bien mieux

De chercher quelqu'abri contre ces vilains hôtes,
Et surtout un repas un peu moins périlleux.

ASTOLFE.

Sur ce point calmez vos alarmes ;
Le gibier en ces lieux sera bientôt trouvé ;
Nous avons conservé nos armes,
Ce baril de poudre est sauvé ;
Je suis jeune et dispos ; vous-même, cher confrère,
L'embonpoint ne vous gêne guère ;
Vous êtes noble, et je suis courageux :
Le premier tigre assez audacieux
Pour nous disputer le passage,
Nous le tuons, ou....

MENDOCE.

Quelle image !

ASTOLFE.

C'est bien entendu, n'est-ce pas ?

MENDOCE.

Je vous entends fort bien, hélas !
Et la chose n'est que trop claire.

ASTOLFE.

Pour l'abri, c'est une autre affaire ;
Le meilleur ici ne vaut rien,
Ou du moins.... attendez : c'est cela ! ce matin,
Nous nous trouvions fort loin de notre route ;
Et, si mon calcul...., eh ! sans doute,
Nous devons être, j'en répond,
Entre la Chine et le Japon,

2.

Et dans l'Archipel de Corée?
Beau pays! fertile contrée!
Qui ne manquerait pas d'attrait,
Sans le goût étrange et bizarre
De ce peuple à demi barbare!

MENDOCE, avec inquiétude.

Et quel est ce goût, s'il vous plaît?

ASTOLFE.

Goût n'est pas le mot, en effet,
Et c'est plutôt une habitude,
Un usage assez peu chrétien,
Mais qui tient à la latitude;
Et puis, chaque peuple a le sien!

MENDOCE, de même.

Mais enfin voyons cet usage?

ASTOLFE.

Quoique bien convaincu de tout votre courage,
Je ne sais si je dois....

MENDOCE.

Parlez, je ne crains rien.

ASTOLFE.

Au fait, ce n'est qu'une misère!
Au lieu de l'échange ordinaire
Que les peuples civilisés
Se font entr'eux des prisonniers
Que mettent dans leurs mains les chances de la guerre,
Pour prévenir leur fuite et parer au péril,
Ils les étendent sur un gril;
Et quand ils sont cuits ils les mangent.

MENDOCE.

Quand ils sont cuits! grands dieux! Et ce sort nous attend?

ASTOLFE.

Rassurez-vous! les goûts comme les modes changent :
Il en est que l'on mange avant.
Ce n'est pas tout.

MENDOCE.

Vous voulez rire?

ASTOLFE.

Je parle sérieusement;
Ce n'est pas tout, vous dis-je; et du céleste empire,
Qui sur lui constamment fixe un jaloux regard,
Ce petit archipel forme un royaume à part,
Dont le prince ou la souveraine
(Car ma mémoire est incertaine)
Paie un faible pouvoir à de gros intérêts!

MENDOCE.

Je l'ignorais; que nous importe?
Ni vous ni moi ne sommes leurs sujets.

ASTOLFE.

Non; mais tout ici-bas s'enchaîne et se rapporte :
Cette reine donc, ou ce roi,
Las de subir une odieuse loi,
A mis les Chinois à la porte.

MENDOCE.

Encore un coup, que nous importe?
Est-ce à nous d'accorder leurs communs intérêts?
Qu'ils se battent entre eux, et nous laissent en paix!

ASTOLFE.

Voilà bien ce qu'ils devraient faire ;
Mais c'est là ce qu'ils ne font pas ;
Et je ne sais comment, dès qu'il s'agit de guerre,
Ou de force ou de gré notre bourse et nos bras
Sont constamment compromis dans l'affaire ?

MENDOCE.

Chez nous d'accord !

ASTOLFE.

Et de même en tous lieux.
Or, voyez où cela nous mène ?
Sa majesté chinoise a juré ses grands dieux
D'exiger le tribut honteux ;
Et sa majesté coréenne
A juré les siens, à son tour,
De le nier à la céleste cour.
Voici donc, selon mon grimoire,
Quelle sera pour nous la fin de cette histoire :
S'il faut que le sort nous ait mis
Sur l'un des points du territoire
De ces deux illustres partis,
Pour espions nous serons pris.
Une fois arrêtés notre affaire ira vite !
Car la justice a partout ce mérite
Que, lente à réparer, elle est prompte à punir !
Atteints et convaincus du crime
Que nul de nous n'aura commis,
D'un petit Substitut la faconde sublime

Entraînera les juges assoupis;
Et tous deux nous serons occis !

(Une marche militaire se fait entendre derrière le théâtre.)

MENDOCE.

D'où proviennent ces sons?

ASTOLFE , écoutant.

C'est un bruit de trompette?
Ce lieu serait-il habité?

MENDOCE.

Allons notre perte est complète !

ASTOLFE.

Complète! et pourquoi donc? l'arrêt est mal dicté.
Quels que soient les temps où nous sommes,
Quelque méchans que soient les hommes,
Ils sont moins pressés que les ours !
Avec eux on a le recours
De différer quelque peu son martyre;
Ils vous tuent, d'accord; mais toujours,
Avant de vous manger, du moins ils vous font cuire ! —
Le bruit s'accroît de plus en plus:
Cachés sous ces arbres touffus,
Tâchons de percer ce mystère;
Et connaissons, sans être vus,
A quels ours nous avons à faire !

(Ils se retirent tous deux derrière un des arbres du premier plan, à
la droite du spectateur, d'où ils observent ce qui se passe.)

SCÈNE III.

Marche. *Lim-ga-y*, voilée, est assise dans un palanquin précédé par le maître des cérémonies, *Ho-Ham-Ti* ; des esclaves des deux sexes portent une tente, un tapis, des coussins, un hou-ka , espèce de pipe indienne,.et des vases chargés de fruits et de liqueurs. Tous ces personnages sont en habit de chasse. ASTOLFE et MENDOCE, à l'écart.

CHŒUR DES ESCLAVES.

Dans le silence et le respect
Que tout tremble, que tout s'incline :
De la lune vient la cousine !
Du soleil la nièce paraît !

MENDOCE , bas à Astolfe.

Voilà vraiment des noms bizarres ?

ASTOLFE , au même.

En tous lieux les hommes sont vains ;
Mais, au prix de titres si rares ,
Nos altesses sont de vrais nains !

TOUS DEUX , avec le chœur précédent.

Dans le silence et le respect
Chacun tremble, chacun s'incline.
De la nièce et de la cousine
Bien affreux doit être l'aspect.

Pendant la reprise du chœur, *Lim-ga-y* descend du palanquin devant lequel *Ho-ham-ti* se prosterne pour servir de marchepied à la reine. Les esclaves out déjà dressé la tente, à gauche du spectateur, et y ont placé le tapis, les coussins, les vases et le hou-ka.

LIM-GA-Y à Ho-ham-ti, après s'être assise sous la tente.

Tout est-il prêt?

HO-HAM-TI, prosterné.

Tout est prêt.

LIM-GA-Y.

Lève-toi,
Vil esclave, je te l'ordonne;
Et, s'il le faut, je te pardonne
D'avoir ouvert la bouche devant moi.

HO-HAM-TI, se relevant.

O clémence incommensurable!

LIM-GA-Y.

Le monstre est-il loin de ces lieux ?

HO-HAM-TI, prosterné de nouveau, et montrant la caverne du
fond.

Dans les flancs de ce roc affreux
Est sa retraite redoutable.

LIM-GA-Y.

Silence! il suffit; lève-toi,
C'est assez parler devant moi.

HO-HAM-TI.

O douceur royale et sacrée!

LIM-GA-Y, prenant un dard qu'une esclave lui présente à genoux.

Va vers lui; lance lui ce dard;
Dis lui que Limgaï, la reine de Corée,
En ce lieu l'attend sans retard.

HO-HAM-TI, à part, en sortant.

Un peu plus tôt, un peu plus tard,
Pauvre Ho-ham-ti, ta perte était jurée !

(Il sort par la caverne du fond.)

SCÈNE IV.

LES MÊMES, à l'exception d'HO-HAM-TI.

LIM-GA-Y, aux esclaves.

Et vous, sans crainte d'abuser
De vos droits à mon indulgence,
Esclaves ! pendant son absence,
Je vous permets de m'amuser.

CHŒUR DES ESCLAVES.

Dans les forêts ou sur le trône assise,
Qu'entre ses mains soit le sceptre ou le dard,
A son pouvoir la nature est soumise,
Et tous les cœurs redoutent son regard !

(Pendant le chœur, les esclaves des deux sexes forment des danses devant la tente où la reine est placée.)

SCÈNE V.

LES MÊMES. HO-HAM-TI sort de la caverne du fond, comme un
homme hors de lui; il se jette à genoux devant la reine, en s'é-
criant :

Illustre fille de Xaca !
Soumis à ton ordre suprême,
Le tigre accourt; il me suit; il est là....
(A part.)
Et que ne suis-je ailleurs moi-même!

LIM-GA-Y, prenant un autre javelot, dit en se levant :
Eh bien! montre nous le chemin.
J'ai rêvé cette nuit que sa tête, ou la tienne,
Aux mânes de mon père offerte de ma main,
Plairait à cette ame hautaine;
Et je ne rêve pas en vain.
(Aux autres.)
Suivez moi tous; qu'on laisse ici ma tente;
Nous nous rejoindrons en ce lieu.

(Elle sort avec toute sa suite, par la caverne du fond.)

SCÈNE VI.

ASTOLFE et MENDOCE seuls.

ASTOLFE, montrant Ho-ham-ti.
Le rêve l'inquiète un peu!

MENDOCE.

Notre position n'est pas plus rassurante !

ASTOLFE.

Pourquoi toujours rembrunir le tableau ?
Jouets naguère et des vents et de l'eau,
   Notre perte était assurée ;
Et nous voilà tous deux, échappant au tombeau,
   Dans la presqu'île de Corée,
   A deux pas de Kin-ki-tao !

MENDOCE.

   Oui, mais en quelle main !
  Une femme, une souveraine
  Qui, pour passe-temps du matin,
  S'en va courir la pretantaine,
  Et promet, à je ne sais qui,
La dépouille d'un tigre ou de son favori !
Cela vous semble-t-il si digne de louanges ?
Ce passe-temps royal est-il fort opportun ?

ASTOLFE.

Les princes quelquefois font des rêves étranges ;
   Et cette reine en a fait un.
Si le monstre, après tout, ne croit pas qu'il convienne
D'abandonner sa tête aux mânes du sultan,
   Il faut bien que le courtisan,
   Par respect, leur cède la sienne ?

MENDOCE.

   Il me semble qu'en pareil cas,
On peut être soumis et refuser sa tête ?

ASTOLFE, répondant sans entendre.

La reine ne le tuera pas!

MENDOCE.

Qui? le courtisan?

ASTOLFE.

Non: la bête;
A moins toutefois que céans
Les bêtes et les courtisans
Soient une seule et même espèce;
Mais nous sommes loin de chez nous:
Kin-ki-tao n'est pas Lutèce!

(Il se dirige vers la tente, y entre, et s'assied à la place où
était Limgaï.)

Récitatif et Duo.

MENDOCE.

O ciel! que faites-vous?

ASTOLFE, d'un ton tragique.

Esclave, tu le vois:
J'entre, je m'assieds et je bois!
(Il se verse du vin.)

MENDOCE.

Quelle imprudence! quelle audace!
Quoi! vous osez?....

ASTOLFE, buvant.

Et pourquoi non?
La nièce du soleil me cède ici la place;
Je la prends: n'ai-je pas raison?

MENDOCE.

Y pensez-vous ! en un moment semblable?....
Quand le péril semble certain !

ASTOLFE.

Le péril? mais je ne vois rien
De plus doux , de moins redoutable
Que la présence d'une table ,
Quand on a soif et qu'on a faim !

MENDOCE , à part.

Quel enjoûment !
Quel calme extrême !

ASTOLFE , buvant.

Oh! c'est vraiment
Le nectar même!....

ASTOLFE.

Ensemble.

Et s'il faut qu'autant que son vin
Sa belle main
Soit généreuse ,
Bornant ici ma course aventureuse ,
Mon voyage tire à sa fin !

MENDOCE , d'abord à Astolfe, ensuite à part.

Mais songez!....Je lui parle en vain.
Cruel destin !
Terreur affreuse !
Bornant ici ma course malheureuse ,
Mon voyage tire à sa fin !

——

ASTOLFE , lui tendant une coupe.

Mon cher Mendoce , imitez moi :
Goûtez un pèu cette ambroisie !

Dans la vieille Lusitanie
Vous ne buvez rien, sur ma foi,
Plus digne du palais d'un roi !

MENDOCE, prenant la coupe.

Vous le voulez ?....

ASTOLFE.

Je vous en prie !

MENDOCE, après avoir bu.

Voilà vraiment d'excellent vin !

ASTOLFE.

Que vous disais-je ? il est divin !

MENDOCE.

Ensemble, à part.

Ce nectar, ce céleste breuvage
A déjà ranimé mon courage ;
Plus j'en bois, plus je sens que la peur
Ne saurait pénétrer en mon cœur !

ASTOLFE, le regardant boire.

Ce nectar, ce céleste breuvage
A déjà ranimé son courage ;
Plus il boit, plus la noble liqueur
Lui fait croire à sa propre valeur !

———

(Il lui présente un plateau.)

Et ces fruits ? on n'en trouve guères
De plus beaux, de plus succulens !

MENDOCE, après avoir pris un des fruits.

Oui, d'honneur, ils sont excellens ;
Aussi bons que ceux de mes terres !

(Il prend lui-même un des flacons.)

Le tigre peut venir : nous en ferons raison !
Sans compliment et sans querelle,
Je lui fais sauter la cervelle
Plus lestement que ce bouchon !

(Il débouche le flacon et se verse à boire.)

MENDOCE.

Ensemble, à part.

Maintenant je suis intrépide !
Le monstre rugirait en vain :
Plus nerveux que le bras d'Alcide,
Mon seul bras le tuerait soudain !

ASTOLFE, à part en le regardant.

Oh ! vraiment il est intrépide !
Il frappe comme un paladin !
D'un poltron pour faire un Alcide,
Il ne faut que d'excellent vin !

(Des cris perçans se font entendre derrière la scène.)

MENDOCE, laissant retomber la coupe qu'il portait à sa bouche.

Ciel !

ASTOLFE, feignant de n'avoir rien entendu.

Qu'avez-vous, mon cher Mendoce :
D'où naît le trouble où je vous vois ?

MENDOCE, terrifié, écoutant.

Entendez-vous ce cri féroce?...

ASTOLFE, de même, en achevant de vider sa coupe.

Je n'entends rien, lorsque je bois !....
Vous ployez sous le moindre orage ;
Un rien vous dompte ou vous soutient ;
On dirait que votre courage

S'enfuit aussi vite qu'il vient ?
Laissez les crier : ce n'est rien !

CHOEUR , derrière le théâtre.

Au secours ! au secours !

MENDOCE.

Vous l'entendez, j'espère ?

(Il va vers le fond, regarde, et revient, effrayé, sur ses pas.)

Chacun se sauve ; on accourt ; les voici !
Libre à vous de finir le verre ;
Quant à moi, je me sauve aussi !

ASTOLFE , voulant en vain le retenir.

Rassurez-vous ! pourquoi donc fuir ainsi ?
Voilà donc ce foudre de guerre !
Quant à moi, je demeure ici.

———

Astolfe se rassied tranquillement sous la tente, tandis qu'échappé de ses mains, Mendoce gagne le côté opposé, et monte sur l'arbre derrière lequel ils s'étaient d'abord cachés.

SCÈNE VII.

LES MÊMES, LIM-GA-Y, dans le plus grand trouble et sans voile, entre précipitamment sur la scène, précédée par toute sa suite qui fuit devant un tigre, qui paraît et s'arrête à l'entrée de la caverne du fond, de manière à n'être vu que de face.

FINAL.

CHOEUR DES ESCLAVES.

Au secours ! au secours !

LIM-GA-Y, sans voir Astolfe ni Mendoce.

Lâches ! où fuyez-vous ?
Imitez mon exemple, et le monstre est à nous !

ASTOLFE à part, en sortant de la tente, et en montrant la reine.

Aussi courageuse que belle....
Avant de l'approcher, le monstre aura mes jours !

TOUS, excepté Astolfe, qui s'assure ici de l'état de son arme.

Arme mon bras de ta force immortelle,
Divin Xaca, prête moi ton secours !

(Tous les javelots sont inutilement lancés sur le tigre, qui, toujours vu de face,
avance quelques pas sur la scène. La foule, épouvantée, recule, et s'écrie:)

Il est manqué ! furieux, il avance :
C'est fait de nous, et nous sommes perdus !

(Ils tombent tous la face contre terre ; évanouie de terreur, *Limgaï* tombe
elle-même dans les bras d'Astolfe, qui, sans en être vu, s'est avancé près d'elle,
et qui la soutenant du bras gauche, de l'autre ajuste le tigre, en disant:)

Ne pressons rien : l'adresse et la prudence
Surmontent tout ; et malheur aux vaincus !

(Il tire, et tue le tigre , qui tombe aux pieds de la reine.)

MENDOCE, descendant de l'arbre où il se tenait.

O bonheur !

TOUS LES ESCLAVES.

O Xaca !

MENDOCE, avec le chœur.

Le monstre ne vit plus !

TABLEAU.

LIM-GA-Y, revenant à elle, et sans voir encore Astolfe.

Où suis-je ?
(Elle aperçoit le tigre.)
il est mort ! de sa rage
Qui m'a sauvée ?

(Elle se retourne, voit Astolfe ; et en se dégageant d'entre ses bras, elle s'écrie :)

o ciel ! qui donc es-tu ?

ASTOLFE, d'un ton naturel, et toujours sans aucune emphase.

Un étranger, que les vents et l'orage,
    Après avoir long-temps battu,
    Ont dirigé vers ce rivage,
Où fort heureusement tous deux l'ont descendu.

HO-HAM-TI, faisant mine de tirer son sabre contre Astolfe.

Téméraire ! et ta main...?

LIM-GA-Y, le contenant du geste, lui dit, en montrant Astolfe :

Un pas de plus, infâme,
    Ta tête tombe devant lui !

HO-HAM-TI, cloué à sa place, et à part.

A tenir parole elle est femme :
Je ne bouge plus d'aujourd'hui !

LIM-GA-Y, à Astolfe.

Ton nom ?

ASTOLFE.

Astolfe.

LIM-GA-Y.

Ton pays ?

ASTOLFE.

La France.

LIM-GA-Y.

Ton sort ?

ASTOLFE.

Soldat.

LIM-GA-Y.

A ta vaillance,
J'aurais dû le penser. Que viens-tu faire ici ?

3.

ASTOLFE, sans aucune emphase.

Chercher la gloire et la fortune.

LIM-GA-Y, étonnée et émue.

La gloire? la fortune?.... Ami,
Ne cherche plus : partout on les mérite ainsi!

TOUS, à l'exception de la reine et d'Astolfe.

O faveur peu commune!
Il cherchait la fortune :
Elle vient le trouver!

LIM-GA-Y, à Astolfe.

Sais-tu qui tu viens de sauver?
Connais-tu mon rang?

ASTOLFE, légèrement, mais avec galanterie.

Que m'importe!
Le hasard en ces lieux me porte;
Ce monstre menaçait vos jours;
Vous êtes femme, jeune, belle;
La conséquence est naturelle :
Vous aviez droit à mon secours.

LIM-GA-Y, avec la plus vive émotion.

Nobles pensers! dévoûment qui t'honore!....
Mais où trouver le prix digne d'eux et de toi?

ASTOLFE, de même.

Ce prix est le plaisir que je ressens encore :
J'ai fait ce que tout autre aurait fait comme moi.

LIM-GA-Y.
Ensemble, à part.

Ce langage est nouveau pour moi;
Et son effet est plus étrange encore!....
Quel trouble, Limgaï, s'empare ici de toi?

ASTOLFE, sans la quitter des yeux.

Plus je l'entends, plus je la vois,
Plus je voudrais la voir, l'entendre encore ;.
Plus je cède à l'attrait des doux sons de sa voix !

HO-HAM-TI, MENDOCE et le CHOEUR.

J'ai quelque peine à croire encore
Ce que j'entends, ce que je vois !

—

LIM-GA-Y à Astolfe, en montrant Mendoce.

Cet homme... est-il Français ?

ASTOLFE.

Lisbonne l'a vu naître ;
C'est mon ami : sans lui peut-être
Mon entreprise eût eu moins de succès.

LIM-GA-Y, ironiquement.

La place où je le vois atteste sa prudence !
Tu le dis ton ami, soit ; ma reconnaissance
Sur lui comme sur toi désormais s'étendra.

(A Mendoce.)
Quel est ton nom ?

MENDOCE.

Don Mendoz Cabréra
Y Gomez y Xavar...

LIM-GA-Y.

Silence!
Qui te demande tout cela?
Je veux savoir ton nom, non celui de tant d'autres!

MENDOCE.

Vos usages, vos mœurs diffèrent fort des nôtres:
Ces noms par mes parens m'ont été déférés;
Ils me sont échus d'âge en âge.

LIM-GA-Y, gaîment.

Si tu les a tous illustrés,
Tu dois avoir un grand courage!

MENDOCE, avec morgue.

Mes ancêtres l'ont fait pour moi.

LIM-GA-Y, cherchant.

Tes ancêtres, dis-tu? quel est donc ce langage;
Et quels rapports voit-on, chez toi,
Entre leurs vertus et les vôtres?

MENDOCE, de même.

Je suis noble.

LIM-GA-Y.

Eh comment?

MENDOCE.

Par de nobles aïeux.

LIM-GA-Y, gaîment.

Plaisant titre au respect des autres !
(Sérieusement, en montrant Astolfe.)
Noble, de qui les droits par d'autres sont acquis,
Rends grace à sa valeur extrême;
Mais sache que dans ce pays
L'homme est noble ou vil par lui-même.

Reprise du final.

RÉCITATIF.

LIM-GA-Y, aux gens de sa suite, en montrant le tigre.

Délivrez mes regards de cet objet d'horreur,
Qui me retrace une scène fatale !
Qu'en triomphe, en ma capitale,
Sa dépouille odieuse, à mon libérateur,
Fasse payer par tous le prix de la valeur.
(A Astolfe.)
Généreux étranger, que des destins bizarres
Avaient choisi pour me sauver;
Aux plus justes honneurs je prétends t'élever;
Les hommes comme toi sont rares :
Quand on les trouve, il faut les conserver.

Air.

Suspends une course inutile;
Mon palais sera ton asile;
Tu n'auras plus à te plaindre du sort.
Je veux qu'imitant ton exemple,
Mon peuple soit et généreux et fort;
Et que chacun, alors qu'il te contemple,
Apprenne à mépriser les dangers et la mort !

CHOEUR.

Chacun de nous, imitant son exemple,
Saura braver pour toi les dangers et la mort!

LIM-GA-Y.

(Ensemble, à quatre.)

Dans le pays le plus sauvage
Sous le ciel le plus orageux,
Partout éclate le courage,
Et partout il est radieux!

ASTOLFE et MENDOCE, à part.

Jouet des vents et de l'orage,

L'avenir $\left\{ \begin{matrix} \text{me} \\ \text{lui} \end{matrix} \right\}$ semblait affreux :

Force bonheur, quelque courage,

Et la scène change à $\left\{ \begin{matrix} \text{mes} \\ \text{ses} \end{matrix} \right\}$ yeux!

HO-HAM-TI, à part, en montrant Astolfe.

Serait-il vrai qu'un tel hommage
Fût le prix de ce malheureux ?
Sa carabine et son naufrage
Ont plus fait pour lui que les cieux !

———

(Pendant le quatuor, les esclaves replient la tente, et reprennent ce qu'elle contient ; quelques autres ramènent le palanquin de la reine qui y remonte ; et tendant la main à Astolfe, le fait asseoir à côté d'elle. Un esclave porte devant eux la tête du tigre, suspendue à un javelot ; et tous se remettent en marche.)

CHOEUR.

Honneur au généreux courage
Qui rend la reine à ses sujets !
Chantons tous le noble français !

HO-HAM-TI et MENDOCE , à part avec le chœur.

Voilà bien des cris, du tapage ;
Bien des honneurs et des bienfaits !

HO-HAM-. { Sous un ciel pur gronde l'orage :
{ Il t'attend, malheureux français !

MENDOCE { Le ciel est pur : craignons l'orage ;
{ Du beau temps il est toujours près !

(Le cortége défile et sort.)

FIN DU PREMIER ACTE.

~~~~~~

ACTE DEUXIÈME.

Jardin du palais. Au fond, portique à jour, au delà duquel on aperçoit la ville de Kin-Ki-Tao s'élevant sur une montagne circulaire qui domine la mer. A la gauche du spectateur, un kiosque, avec banc de gazon. A partir de cet acte, Astolfe et Mendoce portent la ceinture l'un des Colaos ou princes, l'autre des Mandarins militaires.

SCÈNE PREMIÈRE.

ASTOLFE et MENDOCE, précédés par une foule de Mandarins des deux classes. Esclaves, gardes.

CHOEUR DES MANDARINS.

Honneur, honneur au brave Colao !
　　Qu'à son altesse
　　Chacun s'empresse
De payer un tribut nouveau
Dans les murs de Kin-Ki-Tao !

ASTOLFE et MENDOCE, aux autres.

Quel bruit ! quels éclats ! quel langage !
Messieurs, ne criez pas si haut ;
　　En cet hommage
　　Moins de tapage
Aurait pour $\left\{ \begin{smallmatrix} moi \\ lui \end{smallmatrix} \right\}$ bien plus d'appas ;
Et jamais prince en pareil cas
Ne fut plus loué, ni plus las !

LE CHOEUR.

Honneur, honneur au brave Colao,
Dans les murs de Kin-Ki-Tao !

ASTOLFE et MENDOCE.

Messieurs, messieurs, ne criez pas si haut !
Est-on sourd à Kin-Ki-Tao ?
(Les mandarins se retirent.)

SCÈNE II.

ASTOLFE, MENDOCE, seuls.

MENDOCE.

Ils sont enfin partis !... ce titre qu'on vous donne...

ASTOLFE.

Est celui que l'on donne aux princes du pays.

MENDOCE.

Aux princes ?

ASTOLFE.

Le mot vous étonne ?
Serais-je donc, à votre avis,
Le premier fat que la fortune
Eût porté tout-à-coup au faîte des grandeurs ?
Ce que l'on voit ici se voit partout ailleurs ;
Et l'on n'en parle plus, tant la chose est commune.

MENDOCE.

J'aime assez la réflexion ;
Mais, toutefois, il faut que j'en convienne,

Votre seigneurie et la mienne
Ont fait un naufrage assez bon ;
Et, de quelque côté qu'il vienne,
Le même vent....

ASTOLFE, achevant.

Peut nous couler à fond !

MENDOCE.

Plaisantez-vous ?

ASTOLFE.

Je n'en ai nulle envie ;
Le rang sur moi n'opère que trop bien !
Sous des airs de grandeur je cache ma folie ;
Avec dignité je m'ennuie :
Je ne suis pas prince pour rien !

MENDOCE.

Vous croyez rire : eh bien, sans raillerie,
Depuis deux mois qu'en ce séjour
Nous respirons l'air épais de la cour,
Je ne vois plus en vous cette heureuse incurie
Qui, narguant l'avenir, vivait au jour le jour.
Vous êtes soucieux, quelquefois même sombre ;
Vous riez bien encor, mais d'un rire forcé ;
De vous, enfin, en vous je ne vois plus que l'ombre ;
Le courtisan se montre : Astolfe est effacé.

ASTOLFE.

Le courtisan vous écoute en silence :
Il est jugé sur l'apparence ;
L'amitié même ici le peint sous un faux jour ;

En un vil intérêt elle change l'amour,
   Le respect, la reconnaissance....
« Voilà de vos arrêts, messieurs les gens de cour !»

MENDOCE.

Quoi qu'il en soit, la remarque subsiste :
   Vous étiez gai, vous voilà triste;
Sans craintes, sans chagrins : vous voilà soucieux;
Le moyen de vous voir toujours des mêmes yeux?

ASTOLFE, confidentiellement.

   Dans votre sagesse profonde,
N'auriez-vous pas remarqué très souvent
   Que l'homme le moins sot du monde
   N'est qu'un sot dès qu'il est amant?

MENDOCE.

Où voulez-vous donc me conduire ?
Je ne vois pas de rapport en cela.

ASTOLFE.

Moi, j'en vois un; et puisqu'il faut le dire....
  (Plus confidentiellement encore.)
   Je crains d'être cet homme-là.

MENDOCE.

Qui? vous! vous aimeriez....?

ASTOLFE, de même.

              La reine;
Ou, pour mieux dire, j'en suis fou !

MENDOCE.

S'il est ainsi, votre perte est certaine;
Et je ne vois, pour vous tirer de peine,
Qu'un bon lien fixé par un bon clou!

ASTOLFE.

Le remède est fort bon, mais il est un peu brusque;
Et si l'amour, qui peut-être m'offusque,
A mes vœux pouvait la ployer,
J'aurais grand tort de l'employer!
Quant au motif de mon inquiétude,
Ce motif n'est que trop fondé :
Un jour, un moment m'a guidé
De la misère à la béatitude;
Mais ce n'est tout d'être arrivé
Si fort au dessus de sa sphère;
Et celui qui retombe après s'être élevé,
Eût mieux fait de rester à terre.

MENDOCE.

C'est une vérité que tout le monde admet!

ASTOLFE.

Et dont personne ne profite.
Soyons prudens; allons moins vite,
Sans trop compter sur ce que nous promet
Une aussi grande réussite.
La reine m'aime, ou du moins je le croi;
Ses regards, ses discours m'en donnent l'espérance;
Mais les regards, les discours, l'alliance,
De tous ceux que l'envie arme ici contre moi,
Ne m'échappent pas davantage.

Déguisant leurs projets sous un riant visage,
   Ching-tu, Ting-tam, Ho-ham-ti, voilà ceux
Qu'on retrouve toujours en ces sortes de lieux
Où l'art du courtisan se borne à l'art de feindre;
Et jamais n'est plus doux qu'alors qu'il est à craindre.

   (Après avoir regardé vers le fond du théâtre.)

   Attendez donc!... ce sont eux en effet?

   Tous trois sortent de chez la reine.

Le ministre boiteux est tout pâle de haine;
   Le sot courtisan, stupéfait,
   Ne peut ni parler ni se taire;
   Tandis qu'une sainte colère,
   Un courroux à peine étouffé,
Éclate dans les yeux du bonze en tartufé!

(Il attire Mendoce dans l'intérieur du Kiosque, à gauche du spectateur et, delà, ils observent et écoutent ce qui se passe sur
la scène.)

SCÈNE III.

Les mêmes, cachés. TING-TAM, CHING-TU, HO-HAM-TI,
en entrant en scène.

QUINTETTO.

TING-TAM.

Des étrangers !

HO-HAM-TI.

   Un vil transfuge !

CHING-TU.

Des hommes sans culte et sans foi !

TING-TAM.

A sa cour trouver un refuge ?

HO-HAM-TI, aux autres.

L'emporter sur vous et sur moi ?
(Ensemble.)
Vit-on jamais pareille audace !

TING-TAM.

Occuper la première place,
Sans avoir rien fait pour l'État !

CHING-TU.

Sans la moindre largesse aux bonzes de Xaca !

HO-HAM-TI.

Sans répondre, à trois fois, aux saluts qu'il aura !

———

ASTOLFE, bas à Mendoce.

Le ministre songe à la place ;
Le bonze au trésor de Xaca ;
Le courtisan aux honneurs qu'il perdra !

HO-HAM-TI, à Ting-Tam et à Ching-tu.

Bien que témoin du fait, j'ose le croire à peine :
Pour la soustraire à son dernier danger,
Notre audacieux étranger
A porté la main sur la reine !

CHING-TU.

O scandale !

TING-TAM.

O crime !
(Ensemble.)
O terreur !

(Pause marquée.)

TING-TAM, à Ho-Ham-Ti.

Et tu n'as pas puni le traître ?

CHING-TU.

Et Xaca l'a vu sans horreur ?

ASTOLFE et MENDOCE, à part.

Qui de son calme serait maître,
En voyant leur sainte fureur ?

HO-HAM-TI, aux deux autres.

J'ai bien voulu, dans ma colère,
Punir l'indiscret protecteur ;
Mais, avec sa grace ordinaire,
D'un ton si doux et si courtoi,
Sa Majesté m'a dit : *tais-toi !*
Que, par respect, j'ai cru devoir me taire ;
Et vous eussiez fait comme moi.

ASTOLFE et MENDOCE, à part.

Le courtisan entend bien son affaire ;
Et son respect est un respect de cour.

HO-HAM-TI, aux deux autres.

Quant au ciel, en ces temps barbares
Les miracles deviennent rares ;
Et cependant, plus que jamais,
Tous nos bonzes sont gros et frais !

TING-TAM.

Eh ! que parles-tu de miracles ?
Si Xaca ne rend plus d'oracles,
S'il ne tonne plus aujourd'hui,
Ne pouvons-nous tonner pour lui !

ASTOLFE, plus attentivement, à part.

Que dit-il donc ?....

CHING-TU, à Ting-Tam.

Je saisis ton idée;
Mais l'entreprise est hasardée....

Songeons d'abord à perdre l'étranger ;
Affaiblissons la résistance ,
Et parons au double danger !
Mes chers amis , en toute circonstance,
Le ciel protége l'innocence :
A défaut d'un miracle, il nous reste une loi !

TING-TAM et HO-HAM-TI, à Ching-Tu.
Ensemble à quatre.

Que veux-tu dire ? explique-toi !

ASTOLFE et MENDOCE , redoublant d'attention ; à part.

Que veut-il dire avec sa loi ?

———

CHING-TU , aux deux autres.

Sur son texte je dois me taire ;
Mais je vous l'affirme du moins :
Si le récit qu'Ho-Ham-Ti vient de faire
Est appuyé par des témoins ,
Astolfe est mort !

ASTOLFE , bas à Mendoce.

Il m'a tué si vite ,
Qu'à peine ai-je eu le tems de respirer !

TING-TAM , à Ching-Tu.

Mais ses services , son mérite ,
Cet éclat dont la reine a voulu l'entourer...

CHING-TU.

Tout cela dans la tombe avec lui doit entrer;
Une seule ressource....

ASTOLFE , très vite, à part,

Écoutons bien !

TING-TAM, HO-HAM-TI, à Ching-Tu.

Achève.

CHING-TU.

Une seule ressource est pour lui dans la loi,
Et peut en arrêter le glaive.

TING-TAM et HO-HAM-TI, avec la plus vive impatience, à Ching-Tu.
Ensemble à quatre.

Au nom du ciel, explique-toi !

ASTOLFE et MENDOCE, à part.

Je pourrais } donc braver la loi ?....
Vous pourriez }

———

CHING-TU, aux deux autres.

Pour éviter ce sort funeste,
Je vous l'ai dit, un seul moyen lui reste :
Il faut qu'il parvienne à saisir
Un complot contre la couronne ;
Il est sauvé, par l'avis qu'il en donne ;
S'il ne sait rien, il doit périr.

Il doit périr ! nul pouvoir, sur la terre,
Du coup fatal ne pourra l'affranchir !
Au nom du ciel, plus prompt que le tonnerre
Mon bras sur lui viendra s'appesantir !
Vainement à sa dernière heure
Limgaï le disputera :
Il faut qu'il tombe, il faut qu'il meure,
Il faut que son sang coule en l'honneur de Xaca !

TING-TAM, HO-HAM-TI et CHING-TU.
Ensemble à cinq.

Il faut qu'il tombe, il faut qu'il meure,
Il faut que son sang coule en l'honneur de Xaca !

4.

ASTOLFE et MENDOCE, à part, en montrant les autres.

Rêvant ici $\left\{ \begin{matrix} ma \\ sa \end{matrix} \right\}$ dernière heure,

On dirait à les voir qu'elle a sonné déjà.

———

TING-TAM, aux deux autres.

Quelle que soit la loi, nous servant, elle est bonne!

HO-HAM-TI.

Que pouvoir répondre à cela?
Confucius, il est vrai, la traita
De loi dont la rigueur l'étonne;
Mais tous ces philosophes-là
Voudraient qu'on ne tuât personne!

TING-TAM, aux deux autres.

S'il est ainsi, plus de dangers!
Les honneurs prodigués à ces deux étrangers,
Le crime du français, la loi qui le condamne,
Le courroux de Xaca qui sur sa tête plane,
Tout vient ici nous seconder.
Nous cherchions un prétexte : il s'offre de lui-même;
C'est à nous de le féconder!

ASTOLFE, bas à Mendoce.

Vous l'entendez?

HO-HAM-TI, aux deux autres.

J'allais dire de même!

TING-TAM, confidentiellement aux mêmes.

Le temps presse : allons droit au fait.
En décidant la reine à nier à la Chine
          Le tribut qu'elle lui payait,
          Vous concevez bien, j'imagine,
Que je ne consultai que mon propre intérêt?
          Du refus je prévis l'effet ;
          Et, dans un message secret,
          J'assurai le céleste empire
          Qu'à cet acte loin de souscrire,
J'en avais mille fois combattu le dessein ;
          Puis, sans trop le laisser paraître,
     Je lui donnais clairement à connaître
          Que si le conseil de Pékin
          Voulait un jour parler en maître,
          Au dehors quelques bâtimens,
          Quelques bons amis au dedans,
Prêts à servir la plus juste des causes,
          Arrangeraient bientôt les choses
          Au gré d'un peuple mécontent.

ASTOLFE, à part.

Le traître !

HO-HAM-TI, à Ting-Tam.

Et tu n'as mis pour nous aucunes clauses?....

TING-TAM, au même.

Je m'en suis bien gardé vraiment :
          Ç'eût été traiter en enfant
La gloire de l'état, son repos, sa fortune,

Et la prospérité commune,
Voilà toujours ce qu'on met en avant,
Personne ne vous croit; mais tous en font semblant:
Consultez plutôt la tribune?

CHING-TU.

Mais si le peuple, en son zèle importun....

HO-HAM-TI.

Si l'armée agissant en sens contraire au nôtre...

TING-TAM.

Plaisantez-vous ? quelle crainte est la vôtre !
Avec de grands mots on a l'un,
Avec trois contre un on a l'autre !
Le moyen n'est pas neuf, mais réussit toujours.

ASTOLFE, à part.

Le ministre boiteux va très droit en affaire;
Par bonheur, son moyen aujourd'hui n'a plus cours !

TING-TAM, tirant un papier qu'il remet à Ching-Tu.

De ce titre important sois le dépositaire :
C'est le rescrit du céleste empereur.
Ne le quitte jamais; porte-le sur ton cœur :
Tu conçois à quel point il nous est nécessaire.
Ton emploi, ton saint caractère
Écarte le soupçon de toi;
Il n'en est pas ainsi de moi,
Dont chacun ici se méfie,
Sans qu'on se dise le pourquoi !

ASTOLFE, à part, ironiquement.

Voyez comme à l'erreur le monde sacrifie?

TING-TAM, aux deux autres.

Quoi qu'il en soit, assurés d'un appui,
  Notre délivrance s'apprête;
  Courbons-nous bien bas aujourd'hui :
  Demain nous leverons la tête!

(Il sort, en entraînant avec lui Ching-Tu et Ho-Ham-Ti.)

SCÈNE IV.

ASTOLFE et MENDOCE avançant de nouveau sur la scène,
  à mesure que les autres se retirent.

ASTOLFE.

Que pensez-vous de ces individus?

MENDOCE.

Eh mais, seigneur, à ne rien feindre,
Je pense qu'ils sont fort à craindre.

ASTOLFE.

Ils l'étaient, ils ne le sont plus.
Ces gens-là, croyez-moi, sont d'assez pauvres êtres!
  C'est un amalgame confus
De courtisans, de bigots et de prêtres;
  Un vrai triumvirat de traîtres!

Mais ces traîtres sont démasqués ;
Ils tomberont s'ils sont bien attaqués. —
Si les sentimens de la reine
Sont autres qu'ici je les croi,
Je renverse d'un mot une trame si vaine
Et le triumvirat est éventré par moi !

MENDOCE.

Lorsque l'on peut parler à quoi sert de se taire ?

ASTOLFE.

Alors qu'on peut se taire à quoi sert de parler ?

MENDOCE.

Mais Ting-Tam... ?

ASTOLFE.

J'en fais mon affaire !

MENDOCE.

Il pourra....

ASTOLFE.

Se faire empaler !
Si je prends les devants en ce péril extrême,
Voyez ce qui arrivera.
Vous l'avez entendu vous-même :
Le rang de Ching-Tu le mettra
Fort à l'abri de toute épreuve ;
Le bonze détruira la preuve ;
Ting-Tam sera seul arrêté ;
Et, selon l'usage ordinaire,
Passant pour fourbe et pour faussaire,

Je serai honni, maltraité,
Pour avoir dit la vérité!
Quant au but où le traître aspire,
Grâce au vent qui règne aujourd'hui,
La flotte du céleste empire
Ne saurait être son appui.
Ting-Tam est un fin diplomate,
Mais un assez mauvais marin;
Et le secours dont il se flatte,
Est très loin d'être sous sa main!

MENDOCE.

Mais ce complot?...

ASTOLFE, achevant.

Est ce qu'il devait être!
Ainsi le veut la règle et la raison:
Qui pour conseiller prend un traître,
Doit s'attendre à la trahison.
Quant au motif de cette ligue,
Il est plus naturel encor!
Ployé sous les honneurs et l'or,
Pour l'or et les honneurs l'homme de cour intrigue;
Plus il en a, plus il en veut avoir;
C'est là son but, son seul espoir;
Tous autres soins lui paraissent stériles:
Or, la reine a trop de savoir,
Pour croire à des contes futiles;
Trop de bon sens pour priser un cagot,
Trop d'orgueil pour flatter un sot,
Trop d'esprit pour céder à des conseils sinistres :

N'en est-ce pas plus qu'il n'en faut
Pour réunir contre elle, en un même complot,
Tous les bonzes, tous les ministres,
Et tous les avides vautours
Que les sueurs du peuple engraissent dans les cours!

MENDOCE.

Mais croyez-vous que de la reine
Le penchant pour vous soit si fort?...

ASTOLFE.

Je ne crois rien; je m'abandonne au sort,
Sans y compter et sans me mettre en peine.
Pour y chercher des sujets de gémir,
A quoi bon s'égarer dans l'obscur avenir?
Le malheur vient, je le supporte;
Si le bonheur frappe à la porte,
Je m'empresse d'aller ouvrir.
Je ne suis, voyez-vous, ni plus fin ni plus bête;
Et là se borne mon savoir.
Une couronne a l'air de planer sur ma tête :
De loin comme de près, le matin ou le soir,
Une couronne est bonne à voir;
Je la regarde donc, et des yeux suis sa route;
Si le hasard près de moi la fait choir,
Je la relève, avec grand soin sans doute;
Car les couronnes maintenant
Ne tombent plus aussi souvent!

(Au bruit que font les gardes qui se placent au-delà du portique du
fond, Astolfe se retourne, puis ajoute:)

La reine vient : un moment avec elle

Laissez-moi ; de cet entretien
Dépend votre sort et le mien ;
Et la crise doit être ou propice ou mortelle !

SCÈNE V.

LES MÊMES, LIM-GA-Y, en costume élégant, mais simple ;
TI-TZI ; SUITE.

LIM-GA-Y, à Astolfe et à Mendoce.

Retirez-vous.

MENDOCE, bas à Astolfe.

L'entretien n'est pas long ;
Et la couronne est encor loin de terre !

ASTOLFE, de même au même.

C'est là ce qu'on apelle une ruse de guerre :
En détours le sexe est fécond !

(Astolfe et Mendoce saluent respectueusement la reine, et se retirent.)

SCÈNE VI.

LIM-GA-Y ; TI-TZI ; Colaos et Mandarins au-delà du portique.

DUO.

LIM-GA-Y, à part, en regardant sortir Astolfe.

Sort cruel ! pénibles entraves !
J'aurais voulu le retenir ;
Mais, entouré de vils esclaves,
Peut-on satisfaire un desir ?

(Elle se dirige le.   .ent vers le kiosque, à la gauche du spectateur, et se jette
sur le banc de verdure. Ti-Tzi se place elle-même à ses pieds, et observe en
silence tous les mouvemens de la reine. Après une assez longue pause consa-
crée à un jeu muet, pendant lequel Lim-Ga-Y aura donné des signes d'agitation et d'impatience, elle écarte son voile et ajoute :)

Quelle insupportable chaleur !

TI-TZI, agitant un grand éventail, dit malignement, sans lever
les yeux :

Le temps paraît être à l'orage ?

LIM-GA-Y.

Un ciel de feu : pas un nuage !

TI-TZI, de même.

Il va tonner : j'en ai grand'peur !

LIM-GA-Y, repoussant avec humeur l'éventail de Ti-Tzi.
(Ensemble.)

On étouffe : je suis en nage !....
Cet éventail est une horreur !

TI-TZI, à part.

Je l'avais dit : voici l'orage ;
La foudre gronde et me fait peur !

(Elle se lève, et ajoute :)

Si Ta Hautesse le desire,
Je puis à l'instant le changer.

LIM-GA-Y, toujours avec humeur.

Le changer : quoi ! que veux-tu dire ?
Cesseras-tu de m'assiéger !
(Autre pause.)

TI-TZI, timidement, après un moment de silence.

Cette longue cérémonie....
Le souvenir d'un péril si certain !....

LIM-GA-Y , plus agitée encore.

Le péril ! la cérémonie !
Quels rapports ont-ils , je te prie ,
Avec l'effet dont je me plain ?

(Elle se lève brusquement.)

TI-TZI , relevée , à part.

C'est entendu : je garde le silence !

LIM-GA-Y , se parlant à elle-même, et sans pouvoir être entendue de Ti-Tzi.

Elle dit vrai : ce funeste moment,
Il est encor en ma présence....
Oui, sans lui, sans son bras vaillant,
C'était fait de mon existence !

TI-TZI , à part, en la regardant.

On se calme; on rompt le silence :
De l'étranger on parle assurément ?

LIM-GA-Y, de même.

Et pour prix de sa noble audace,
N'osant le porter à sa place,
La reconnaissance et l'amour
Se tairaient aux yeux de ma cour ?

LIM-GA-Y.

(Ensemble, à part.)

Chassons une indigne faiblesse,
De mon choix dépend mon bonheur :
Je suis, je veux être maîtresse
De mon empire et de mon cœur.

TI-TZI.

Malgré ce que dit Sa Hautesse
Du soleil et de son ardeur,
Le trouble évident qui l'oppresse
Est l'effet d'une autre chaleur.

LIM-GA-Y, haut et avec douceur.

Par cette chaleur accablante,
Mon œil n'est-il point abattu ;
Dis-moi, Ti-Tzi, comment me trouves-tu?

TI-TZI.

Toujours fraîche, toujours charmante!

LIM-GA-Y.

Je n'aime pas que l'on me mente :
Les flatteurs ont tort avec moi;
Et mon miroir me dit plus vrai que toi.

TI-TZI.

A te flatter que je me plie?
Je connais trop bien ton esprit!
Si ce miroir te montre moins jolie,
Ce miroir ne sait ce qu'il dit.

LIM-GA-Y.

Malgré ton charmant bavardage
Et tes complimens obligés,
Je parîrais que ces deux étrangers,
Tenaient un tout autre langage?

TI-TZI, étourdiment.

Eh bien, parions !

LIM-GA-Y, gaîment.

Mais, ici,
Entre nous qui sera l'arbitre?

TI-TZI.

L'arbitre?... toi-même.

LIM-GA-Y.

A quel titre?
Tu divagues, pauvre Ti-Tzi!

TI-TZI.

Je ne divague point! dans la cérémonie
　　Où de tes mains tous les deux ont reçu
De leur grade nouveau les riches attributs,
　　Qu'a fait Astolfe, je te prie?
　　Ne l'as-tu pas vu comme moi :
Sans paraître touchés de sa grandeur soudaine,
Sans même s'arrêter sur cette pompe vaine,
Ses yeux ont-ils cessé d'être attachés sur toi?
　　Et quand, d'une grace charmante,
　　Nous l'avons vu vers toi se diriger :
« Cher Mendoce (a-t-il dit à cet autre étranger),
　　« Cher Mendoce, elle est ravissante!
　　« Et je crains de l'envisager! »

LIM-GA-Y, à part avec trouble.

Serait-il vrai que sa tendresse?...

TI-TZI, malignement.

　　Je m'en rapporte à Sa Hautesse,
　　Quant au résultat du pari ;
Mais si jamais de moi quelqu'un parlait ainsi,
　　J'en conviens, j'aurais la faiblesse
　　De croire à tout ce qu'il a dit!

LIM-GA-Y.

Tu deviens folle, je te jure;
Qui te demandait tout cela?
Je te parlais.... de ma parure;
Mais, à propos de parure et d'éclat,
Sais-tu bien que cette ceinture
Leur sied à ravir?

TI-TZI.

J'en conviens.
Quelle grace, quelle élégance
Dans ces habits européens!
Mais Astolfe l'emporte en noblesse, en aisance;
Auprès de lui nos plus grands Colaos
Me semblaient autant de magots;
Et si j'avais là mes tablettes!...

LIM-GA-Y.

Tes tablettes: qu'en ferais-tu?

TI-TZI.

Oh! je t'en ferais voir deux esquisses parfaites!

LIM-GA-Y, d'abord vivement et se retenant ensuite.

De lui?... de ce français?

TI-TZI.

Tel qu'il était vêtu,
Quand recevant de toi sa nouvelle ceinture,
Comme s'il eût connu le cérémonial,
Il gardait à tes pieds la plus noble posture!

LIM-GA-Y , *cherchant à cacher son trouble.*
Mais sais-tu bien que c'est fort mal!...

TI-TZI.
De peindre une aimable figure?
Pas plus que de la regarder!
Et sans crime, je crois, on peut s'y hasarder?

LIM-GA-Y, *se remettant.*
Allons, tu plaides bien ta cause!
Mais, enfin, ce portrait?

TI-TZI.
Ah, ne m'en parle pas!
Ne l'ai-je pas laissé là-bas
Sur ton sofa couleur de rose?

LIM-GA-Y.
Sur mon sofa? ciel! que dis-tu?
Quel mot est sorti de ta bouche!
Par tout le monde il peut donc être vu?
Mes femmes, le premier venu?....

TI-TZI.
Oh! je leur ai bien défendu!...

LIM-GA-Y.
Raison de plus pour que chacune y touche.
(Avec une agitation toujours croissante.)
(A part.)
Va , cours!... non pas! — elle croirait....
Qui sait jusqu'où pourrait s'étendre?...
(A Ti-tzi qui est restée immobile devant elle.)
Eh bien, d'où vient ce regard stupéfait?
Tu parais écouter sans voir et sans comprendre!

5

TI—TZI, timidement.

Irai-je chercher le portrait?

LIM-GA-Y.

(A part.)   (Haut.)

Non, te dis-je! il vaut mieux.. fais-le venir lui-même.

TI-TZI.

Le portrait?

LIM·GA-Y, avec impatience.

Le portrait! quelle sottise extrême!
Fais venir ce français.... Astolfe; m'entends-tu?

TI-TZI.

J'y cours!

(A part, en sortant.)

Mieux qu'on ne croit, j'ai tout compris, tout vu!

(Elle sort.)

SCÈNE VII.

LIM-GA-Y, seule : les Colaos et Mandarins sont aperçus au-delà
du portique.

LIM-GA-Y, après une assez longue pause, pendant laquelle elle s'assied et se lève alternativement dans la plus grande agitation.

Serait-il vrai: moi, qui, jusqu'à ce jour,
    Satisfaite de ma puissance,
    N'ai connu que l'indifférence,
    Je pourrais connaître l'amour?
    Un transfuge, un simple guerrier,
    Sans amis, sans nom, sans fortune,
    Aurait la gloire peu commune

De triompher d'un cœur que nul n'a pu ployer ! —
N'écoutant que la voix de la reconnaissance,
  Ne puis-je pas le combler de faveurs,
Faire tomber sur lui les titres, les honneurs,
  Sans toutefois lui donner l'espérance
    De pouvoir franchir la distance
    Qui nous sépara pour jamais ?....
    Vain espoir ! non, tant de bienfaits,
Quel que soit le motif dont ma main les colore,
    Ne peuvent qu'exciter encore
De tous ces courtisans la jalouse fureur ;

              (Elle indique les Colaos et Mandarins.)

Et, croyant le servir, je ferais son malheur !
    Que dis-je ? sa présence même,
    Attisant un feu mal éteint,
L'instruirait du tourment dont mon cœur est atteint ;
  Car, je le sens : près de l'objet qu'on aime,
    L'amour veut se cacher en vain ;
  Tout le trahit, alors qu'il est extrême :
Un soupir, un regard le découvre soudain !

(Plus vivement.)

    Et, toutefois, lorsque j'ignore encore
    S'il sent le trait qui déchire mon cœur,
    S'il m'aime.... autant que je l'adore,
Je pourrais à ses yeux dévoiler mon ardeur ?

(Ici son agitation attire l'attention des Colaos et des Mandarins de
  sa suite, qui s'avancent, sans en être vus, en deça du portique,
  d'où ils suivent ses mouvements.)

Air, et CHOEUR.

LIM-GA-Y.

Doute affreux! honteuse terreur!
Osez-vous entrer dans mon cœur?
Eh quoi!
C'est moi,
Oui, c'est moi-même
Qui me demande si l'on m'aime,
Et me le demande en tremblant.
Qui l'aurait dit, qui pouvait croire
Qu'un feu si prompt et si brûlant
En un jour flétrirait ma gloire,
En un moment troublerait mon bonheur!.....
Doute affreux! honteuse terreur!
A jamais sortez de mon cœur!

LE CHOEUR, à part.

Quelle est donc la sombre douleur
Qui paraît agiter son cœur?

LIM-GA-Y, appelant vers le fond.

Mandarins!

(Un des Mandarins s'avance vers le milieu de la scène, où il se prosterne, pour recevoir les ordres de la reine, qui ajoute:)

Qu'Astolfe paraisse.

(Le Mandarin se relève et sort; et Lim-Ga-Y, se parlant à elle-même, ajoute:)

Oui, l'arrêt en est prononcé:
Étouffant une indigne ivresse,
Faisons taire un goût insensé,
Et remportons sur ma faiblesse
Un triomphe affreux mais forcé!

(Avec une agitation qui s'accroît de plus en plus.)

Qu'il m'aime ou non, il faut qu'il se retire
　　Des lieux où je pourrais le voir;
　　Il faut que, loin de cet empire,
　Il ne m'expose plus à son fatal pouvoir.
　　　Il pourra m'en coûter sans doute;
　　　Et ce dessein me fait frémir!...
　　　Mais, pour m'aider à l'accomplir,
　　　Le devoir parle, je l'écoute;
　　　Et, s'il le faut, je sais mourir.

CHOEUR des COLAOS et des MANDARINS, à part.

　　Sa peine, hélas, semble s'aigrir;
　　Et l'on dirait qu'elle redoute
　　Un malheur lu dans l'avenir.

(Lim-Ga-Y s'assied de nouveau devant le Kiosque, à la gauche du spectateur,
tandis qu'à l'arrivée d'Astolfe, les Colaos et les Mandarins se retirent au-delà
du portique du fond, où ils restent toujours en vue.)

SCÈNE VIII.

LES MÊMES ASTOLFE, dans le fond.

ASTOLFE, à part.

On nous éloigne, on nous rappelle,
Qui comprend rien à l'esprit d'une belle!
　Le regard malin de Ti-tzi....
　On a parlé de nous, je gage:
　Voyons ce qu'on en aura dit.

Au bruit que fait Astolfe en avançant vers elle, LIM-GA-Y se retourne,
　l'aperçoit, se hâte de remettre son voile, puis elle dit:
C'est vous, Astolfe? approchez davantage.

(A part.)

Je l'attendais; et son aspect subit!...

ASTOLFE, en l'observant.

Votre Majesté m'a fait dire....

LIM-GA-Y, cherchant à se remettre de son trouble.

J'ai des ordres à vous donner.

ASTOLFE, à part.

On dirait que la voix sur ses lèvres expire,

LIM-GA-Y.

Je voulais.... (A part.) comment amener ?...

ASTOLFE, de même, à part.

Au lieu de parler, on soupire :
Ce n'est pas là le ton qu'on prend pour ordonner.

LIM-GA-Y se levant, comme pour s'arracher à son trouble, dit avec
plus de fermeté :

Astolfe, je vous dois la vie....

ASTOLFE.

En défendant vos jours, je défendais les miens.

LIM-GA-Y.

Tant de grandeur à la nôtre injurie :
Tous les dons qui des cœurs sont les nobles liens,
Ne sont pas de votre patrie;
Ils sont ailleurs et goûtés et connus;
Et loin d'elle il est des vertus.

ASTOLFE, appuyant sur les derniers mots.

A qui le dites-vous, madame!
De tous les dons heureux qu'elle estime et réclame,
De toutes les vertus qu'elle possède aussi,
  Il n'en est pas que je n'admire ici!

LIM-GA-Y, souriant.

Je m'attendais à la réponse;
C'est un talent auquel avec peine on renonce:
  Pour se tirer d'un embarras secret,
Un français a toujours un compliment tout prêt!
  (Du premier ton.)
    Mais laissons cela, je vous prie.
Je le répète, Astolfe: oui, je vous dois la vie;
A courir ce danger rien ne vous obligeait;
    Que je fusse ou non défendue,
    Je ne vous étais pas connue;
    Et vous n'étiez pas mon sujet.

ASTOLFE.

Je n'en disconviens pas; mais je vous avais vue....
Et l'étranger sans doute, autant que le sujet,
Devait prendre à vos jours un égal intérêt.

LIM-GA-Y, à part.

  Si cet entretien continue,
  De l'éviter j'aurais mieux fait!
(Haut, avec une sévérité affectée.)
  En tout autre que vous, peut-être,
  Ces discours.... (Légèrement.) Mais ils sont de vous.;

De vous, qui ne pouvez connaître
Le ton que l'on prend devant nous.
(A part.) Mais, moi, je rêve aussi sans doute :
Je l'appelle pour l'éloigner,
Et sans rien dire je l'écoute;
De ses discours je feins de m'indigner,
Et, pour l'en punir, je les goûte !

ASTOLFE.

Que Votre Majesté m'excuse : il est des cas
Où l'admiration ne se maîtrise pas.
Chez nous, la femme la plus fière
Reçoit sans peine et sans colère
La dette de la vérité;
Et quel que soit le nom, le sort, l'obscurité
De celui qui la trouve aimable,
Elle se dit qu'il est en droit
D'admirer, dans l'objet qu'il voit,
Ce qui lui paraît admirable.

LIM-GA-Y, à part.

Et je l'écoute sans courroux ?
Sans courroux ! que dis-je ? sans peine;
Peut-être même.... ah ! calmons-nous :
Il ne peut voir le trouble où son discours m'entraîne,
La rougeur qui couvre mon front,
Les pleurs qui baignent mon visage,
En songeant que, pour prix de son noble courage,
Ma main va le frapper du coup le plus profond !
(Haut, et en prenant sur elle-même.)
Astolfe, laissons-là ce frivole langage,

Et revenons au fait qui cause mes soucis :
Le rang où je vous vois a des chances cruelles :
    Ici, comme en d'autres pays,
  Un grand bonheur fait de grands ennemis ;
    Et leurs atteintes sont mortelles.
Protectrice des lois que nous respectons tous,
    Je ne suis point au-dessus d'elles :
    Il en est que je crains pour vous.

ASTOLFE , jouant la surprise.

Pour moi ?

LIM-GA-Y.

    Sans doute ; ainsi donc, la prudence
Et ma juste reconnaissance
Me font un devoir, en ce jour,
De vous éloigner de ma cour.

ASTOLFE, avec l'élan d'une surprise feinte.

Qu'entends-je ? ô ciel !

LIM-GA-Y, sévèrement.

      Bientôt vous pourrez me répondre ;
Astolfe, jusque là ne m'interrompez pas.
  Un grand péril sur moi s'apprête à fondre ;
Et, pour me secourir en ce même embarras,
J'ai besoin de vos soins plus que de votre bras.
  Depuis long-temps je payais à la Chine
    Un tribut injuste, onéreux,
Qui de l'état eût causé la ruine ;
    J'ai secoué le poids honteux ;
    Cependant, pleine d'arrogance,

Mettant son droit en sa puissance,
La Chine m'en fait une loi.
Aux ports du Pé-Ké-Li tout s'arme contre moi.
Mon pays, à demi-sauvage,
A beaucoup d'or, peu de soldats :
Je compte sur votre courage ;
Mais il est plus prudent de conjurer l'orage,
Que de livrer sa cause aux chances des combats :
Chargé des riches dons qu'au prince je destine,
Dès demain, pour passer en Chine,
Mon ambassadeur doit partir.
La mission est importante;
Elle exige un cœur ferme, une voix éloquente;
De son succès dépend mon bonheur à venir :
C'est donc vous que j'ai dû choisir.

FINAL.

ASTOLFE, vivement.

Qui ? moi?

LIM-GA-Y, l'observant.

Vous-même.

(Ensemble, à part.)

ASTOLFE.

O douleur! ô surprise extrême!
Je touchais au bonheur suprême :
Un seul mot détruit mon erreur !

LIM-GA-Y, de même.

O bonheur! ô plaisir suprême !
En voyant sa douleur extrême,
Puis-je encor douter de son cœur!

(Haut et seule, à Astolfe.)

Le choix peut vous flatter sans doute :
Il ne saurait vous étonner?

ASTOLFE, du ton le plus profondément peiné.

Si vous saviez ce qu'il me coûte...
On vous verrait me l'épargner!

(Ensemble, à part.)

LIM-GA-Y.

Devoir! anime mon courage;
Ne te laisse pas commander!

ASTOLFE.

Amour! achève ton ouvrage :
Force la superbe à céder!

⸻

LIM-GA-Y, haut.

Il me fallait pour ce message
Un homme adroit, un ami sage,
Un esprit juste, un cœur sans fard,
Que rien n'intimide et n'étonne :
En vous le hasard me le donne;
Et je profite du hasard!

ASTOLFE, à part.

Et cependant, en mon absence,
La trahison l'entourerait?...

LIM-GA-Y, à part, en l'observant.

Il va céder? son cœur balance....
L'ambition l'emporterait!

(Haut.)

Vous hésitez; vous gardez le silence:
Ce titre, cet emploi nouveau,
Tromperaient-ils votre espérance?

ASTOLFE , embarrassé.

Ah! jugez mieux de ma reconnaissance :
Ce titre est trop grand et trop beau!

LIM-GA-Y.

Mais n'êtes-vous pas Colao ?

ASTOLFE, tombant à ses pieds, dans le plus grand trouble, s'écrie :

Eh! ne suis-je donc plus Astolfe?
Ce malheureux, ce pauvre Astolfe
Que vos bienfaits n'auraient été chercher,
Au besoin, vos dons arracher,
Que pour le rendre plus à plaindre!
Ne suis-je plus celui qui défendit vos jours?
Qui doit, qui veut les défendre toujours!
Qui? moi! fuir de ces lieux, quand vous pouvez y craindre
Un danger pressant et prochain?...
Non, non! vous l'ordonnez en vain :
Reprenez vos dons, vos richesses;
Rendez-moi, j'y consens, à mes humbles destins;
Mais ne me forcez pas, pour prix de vos largesses,
A maudire le rang où m'ont porté vos mains !

Pendant tout ce couplet, Lim-Ga-Y, livrée elle-même à l'agitation la plus vive,
aura fait des efforts inutiles pour relever Astolfe, qui s'obstine à rester à ses
pieds; enfin, elle s'écrie, en indiquant les officiers de sa suite :

Relevez-vous ! ces Mandarins...
Un faible espace m'en sépare!...

ASTOLFE.

(Ensemble.)

Dans la douleur qui me trouble et m'égare ,
Je ne vois rien et n'entends pas!

LIM-GA-Y, le forçant enfin, à se relever.

Parlez plus bas !... le zèle vous égare :
Au nom du ciel, parlez plus bas!

(Au même.)

Des dangers, dites-vous ? où donc en est la preuve?

ASTOLFE, à part.

Quel embarras,
Et quelle épreuve !
Cette preuve,
Je ne l'ai pas !

(Haut.)

Ma frayeur est bien naturelle :
Dans une crise aussi nouvelle,
Au soupçon le cœur est enclin ;
Et le sujet que votre choix exile,
Pourrait vous être plus utile
A Kin-Ki-Tao, qu'à Pékin !

(Ensemble, à part.)

ASTOLFE.

Pour ployer cette ame rebelle
Au joug où tu veux l'asservir,
Tendre Amour, anime mon zèle,
Et viens ici me secourir!

LIM-GA-Y.

De quel jour me frappe son zèle !
Son bras ne peut-il me servir ?
Conservons un sujet fidèle ;
Épargnons-nous un repentir!

———

LIM-GA-Y, haut.

Sans croire à ces périls, sans en être alarmée,
Je cède à vos desirs, et vous laisse en ces lieux ;
Mais, pour rendre vos soins encor plus fructueux,

Devenez aujourd'hui le chef de mon armée.

(Aux officiers de sa suite, en leur montrant Astolfe.)

Colaos! Mandarins! à votre général
Venez rendre un hommage à son mérite égal!

(Les officiers avancent sur la scène.)

Reprise du final.

LIM-GA-Y, aux mêmes.

Célébrez la noble vaillance
Du chef que j'ai dû vous choisir.
Les richesses ni la naissance
N'ont rien fait pour son avenir.
Simple soldat, né dans l'heureuse France,
La nature a mis dans son cœur
Trois dons plus grands que la puissance :
La pitié, l'espoir, la valeur!

LE CHOEUR.

Du chef que nous cède la France,
Célébrons la noble valeur!

ASTOLFE aux officiers, en montrant la reine.

Amis! ce n'est pas ma prudence,
C'est sa bonté qu'il faut chérir!
Je tiens d'elle une récompense
Fort au-dessus de mon desir!
Simple soldat, né dans l'heureuse France,
La nature a mis dans mon cœur
Le don de la reconnaissance;
Et c'est là ma seule valeur!

LE CHOEUR.

Du chef que nous cède la France,
Célébrons la noble valeur!

(Ils sortent tous.)

FIN DU DEUXIÈME ACTE.

ACTE TROISIÈME.

Galerie du palais, dite Galerie des Magots; des statues de grandeur naturelle en ornent les parties latérales. Au fond, les jardins du palais, au-dessus des arbres duquel s'élève le dôme doré de la grande pagode de Xaca.

SCÈNE PREMIÈRE.

ASTOLFE, seul.

Récitatif et air.

O destin! ô félicité!
En ma faveur tout se combine!
Ce projet si subit de m'envoyer en Chine,
Cachait un penchant redouté;
Il devait sceller ma ruine:
Plus haut encore il m'a porté!

Vaine fierté! faible prudence!
L'amour paraît: on vous voit fuir;
Sa voix vous réduit au silence:
Dès qu'il parle il faut obéir!
Tyran du cœur,
Céleste idole,
Dans la douleur,
Il nous console;
Dans le bonheur,
Il nous ravit;
Sa main légère
N'a qu'un seul trait,

Qu'en sa colère
Il accélère
Sur le monarque et le sujet ;
Il ne connaît,
Il ne respecte
Ni les amis, ni l'étranger ;
Sans nul égard, il se délecte
A tout confondre et tout changer ;
Et c'est ainsi que, dans l'ivresse
Où son pouvoir vient les plonger,
On voit divaguer une altesse,
De même qu'un simple berger !

SCÈNE II.

ASTOLFE apercevant MENDOCE qui vient à lui.

Hé ! venez donc, mandarin éternel !

MENDOCE.

Eh bien, l'entrevue ?....

ASTOLFE.

Oh, charmante !

MENDOCE.

Elle aurait rempli votre attente ?.

ASTOLFE.

Sans doute, et j'en rends grace au ciel !
Calmez-donc vos craintes extrêmes :

Dès demain, jugés, convaincus,
Nos trois coquins seront pendus,
Si nous ne le sommes nous-mêmes!

MENDOCE.

L'alternative est aimable, en effet!

ASTOLFE.

Encore, a-t-il fallu combattre,
Pour en obtenir ce bienfait,
Et n'être pas pendus tous quatre!

MENDOCE.

Cesserez-vous de plaisanter?

ASTOLFE.

Moi plaisanter? oh, sans vous contredire,
Je suis trop fatigué pour rire!
Depuis une heure, au plus, que j'ai dû vous quitter,
J'ai fait une longue escapade,
Et parcouru bien du chemin!
De retour de mon ambassade,
J'arrive à l'instant de Pékin;
Je suis, pour le moment, général de l'armée,
Et j'épouse, demain, la reine bien-aimée,
Si nos fourbes sont assez fous
Pour se laisser pendre pour nous!

MENDOCE, avec humeur, et en se disposant à sortir.

Sur ce pied-là, je vous cède la place!...

ASTOLFE, l'arrêtant.

Demeurez, demeurez! et parlons sensément:

6

Ce grade nouveau, cette place
M'appartiennent certainement;
Présage heureux d'une plus grande gloire,
D'un bonheur bien plus désiré!

(Mystérieusement.)

On m'aime, j'en suis assuré!

MENDOCE.

Ma foi, je commence à le croire;
Et ce qui vient de m'arriver
Suffirait....

ASTOLFE, vivement.

Daignez achever.

MENDOCE.

Eh bien, voici le fait, sans aucun épisode.
Non loin de la grande Pagode,
Là-bas, au bout des jardins du palais,
Ti-tzi, sous un ombrage frais,
Atelier tranquille et commode,
Sur des tablettes dessinait.
Pour savoir ce qu'elle faisait,
Tout doucement je m'achemine,
Et je m'approche à pas de loup;
La brebis a l'oreille fine,
Et le dessin disparaît tout-à-coup;
Puis on me dit, d'une voix ingénue,
Qu'on copiait un point de vue,
Qui, plus que tout autre, séduit
Les regards de la jeune reine;

Je demande à le voir; on me répond à peine;
Et le dessinateur s'enfuit!

ASTOLFE.

J'entends; mais quel rapport?....

MENDOCE, en lui présentant un album tout ouvert.

Le rapport, le voici.

ASTOLFE, vivement.

Mon portrait!

MENDOCE.

Oui, seigneur, voilà le point de vue,
L'objet qui de la reine est le plus cher souci!

ASTOLFE, à lui-même.

O découverte heureuse! ô chance inattendue!

MENDOCE continuant.

Le dessinateur s'est enfui
(J'en étais là de mes historiettes);
Moi-même, en courant après lui,
J'ai heurté contre ces tablettes,
Qu'encor tremblant et confondu,
En fuyant il aura perdu!

(Il se retourne et aperçoit Ti-tzi dans le fond.)

Eh, voici justement notre charmant artiste!
Ces regards inquiets, cette mine si triste
Ne disent que trop bien que, de crainte abreuvé,
Il cherche ce que j'ai trouvé!

6.

SCÈNE III.

LES MÊMES, TI-TZI, sans voir les autres.

AIR.

Qu'en ai-je fait?
O malheureuse!
Maudit portrait!
Disgrâce affreuse!
J'ai visité tous les bosquets,
Et la pagode et le palais:
Vain espoir! peine infructueuse!
Je tremble, je frémis d'effroi;
Pauvre Ti-Tzi, c'est fait de toi!
Vingt fois déjà, je le suppose,
Cédant à son désir secret,
Elle aura cherché ce portrait
Sur le sofa couleur de rose?
Car ce matin, voulant cacher
Son embarras et son délire,
Tout en me retenant, ses yeux semblaient me dire:
« O Ti-Tzi! ma chère Ti-Tzi,
« Ne m'obéis pas, je te prie:
« Hâte-toi de m'offrir cette image chérie;
« Celui que mon cœur a choisi!... »
A mon retour, que lui dirai-je?
A ses désirs qu'opposerai-je?
Qu'en ai-je fait?
O malheureuse!
Maudit portrait!
Disgrâce affreuse!
Je tremble, je frémis d'effroi:
Oui, c'en est fait, c'est fait de moi!

(Elle se retourne, aperçoit les autres et jette un cri de surprise.)

ASTOLFE, avançant vers elle.

Qu'avez-vous donc, belle Ti-Tzi ;
Et d'où vient cette crainte horrible ?
Notre aspect est-il si terrible,
Qu'il doive vous troubler ainsi ?

TI-TZI.

Ah ! seigneur, ce n'est pas sans cause....

ASTOLFE.

Vous semblez chercher quelque chose ?

TI-TZI.

l est vrai, j'ai perdu....

ASTOLFE, jouant avec les tablettes.

Quel étrange hasard !
oi, j'ai trouvé....

TI-TZI, à part, en reconnaissant les tablettes.

Grands dieux !

ASTOLFE, sans paraître remarquer son trouble.

J'ai trouvé ces tablettes...

TI-TZI, de même.

Mon dessin !

ASTOLFE, de même.

Et bien que muettes,
Elles parlent aux yeux sans réserve et sans fard !

TI-TZI, haut.

Ciel! et vous les auriez?..

ASTOLFE, achevant.

Ouvertes, par mégarde;
Quelque modeste que l'on soit,
Quand on se voit,
On se regarde...
Je me suis vu, je me suis regardé.

TI-TZI, avec le plus grand trouble, à part.

S'il est ainsi, mon sort est décidé!
(Elle se jette aux genoux d'Astolfe.)
Ah! seigneur!...

ASTOLFE, s'efforçant de la relever.

Mais pourquoi ces terreurs mensongères?
Calmez-vous! — les voilà ces tablettes si chères;
Reprenez-les, Ti-Tzi; mais ne les perdez plus!
(Après lui avoir rendu le livre, il tire un brillant de son doigt, et le
met à celui de Ti-Tzi, en ajoutant :)

Remettez vos sens éperdus;
Et, si vous estimez me devoir quelque chose
(Pour le service et non pour le cadeau),
Vous poserez ce livre, de nouveau,
Sur le sofa couleur de rose...
Et puis, prenant à votre choix,
Un moment propice et commode,

Vous parlerez à d'autres quelquefois
De l'esquisse de la pagode.

TI-TZI, à part.

Allons, il sait tout, c'est un fait!

ASTOLFE.

Me le promettez-vous?

TI-TZI.

Oh, je vous le promet!

MENDOCE à Astolfe, en indiquant le fond du théâtre.

Hâtez-vous; en ce lieu des esclaves s'assemblent.

ASTOLFE, à Ti-Tzi.

Retirez-vous.

TI-TZI, d'abord à Astolfe, ensuite à part.

Oui, seigneur, j'obéis. —
Si tous les Français lui ressemblent,
Je voudrais être du pays!

(Elle sort.)

ASTOLFE, en la voyant partir.

L'aimable enfant!

(Il aperçoit les personnages qui entrent, et ajoute:)

Ceux-ci sont d'une autre nature!

SCÈNE IV.

LES MÊMES, HO-HAM-TI, CHING-TU, TING-TAM,

suite.

(Placé entre Ting-Tam et Ching-Tu, le grand-maître des cérémonies
Ho-Ham-Ti les soutient et les aide à s'agenouiller devant Astolfe,
qui, dès la première génuflexion, s'écrie:)

Eh! messieurs, je vous en conjure:
Épargnez-nous ces vils tributs,
Ces contorsions, ces saluts,
Qui lassent tout le monde et n'amusent personne!

HO-HAM-TI.

Puisque ta grandeur nous l'ordonne,
Nous nous bornerons donc au texte littéral
Du petit cérémonial.

(Tous trois, restés à genoux devant Astolfe, frappent du front
la terre, à quatre reprises différentes.)

ASTOLFE, en les montrant à Mendoce.

Mais c'est d'un ridicule extrême!
Si ce sont là leurs moins humbles saluts,
Nos courtisans ne sont que des intrus
Dans l'art de s'avilir soi-même.

HO-HAM-TI, après avoir aidé les deux autres à se relever.

Éminentissime Seigneur,
Dont le bras, aussi fort que la grande muraille,
    Des monstres abat la fureur,
    Comme on abat un brin de paille;
Et dont l'esprit n'est pas moins ferme que le cœur!
L'interprète du ciel, le rubis de la Chaire,
    Le saint, l'immaculé Ching-Tu!
    Du pays l'étoile polaire,
Ce fameux diplomate, à tous si nécessaire;
Et qui, toujours trompant, ne fut jamais déçu:
    Ting-Tam! enfin, si, sans leur faire outrage,
Parmi tant de grands noms mon nom peut être mis;
    Moi-même, à qui l'on a commis
    Les génuflexions d'usage,
Je venais, c'est-à-dire, ils venaient, ou plutôt,
Nous venions.... c'est cela!...

                    (Bas à Ting-Tam et à Ching-Tu.)
                    Quel silence est le vôtre?
Aidez-moi donc un peu! ma mémoire en défaut...
Je salue, on le sait, bien plus bas que tout autre;
    Mais je ne sais pas parler haut!

                    TING-TAM, bas au même.

S'il est ainsi, salue, et ne dis mot!
    (Haut à Astolfe.)
Oui, prince, ces honneurs, ces graces singulières
Dont la reconnaissance a payé ta vertu,
Considérés par nous comme un prix qui t'est dû,
    Nous t'en félicitons en frères;

Et convaincus que dans ce haut éclat,
Le repos du pays, la gloire de l'état,
Seront l'unique objet de ta sollicitude,
　　Comme ils sont notre propre étude;
　　Nous venons tous ici t'offrir
　　Une amitié pure et sincère!

HO-HAM-TI, bas à Ching-Tu.

Il a bien saisi ma manière;
Et c'est là justement que j'en voulais venir!

ASTOLFE, en répétant la dernière phrase de Ting-Tam.

« Une amitié pure... et sincère? »

MENDOCE, bas à Astolfe.

On ne peut mieux parler.

ASTOLFE, bas au même.

Et surtout mieux mentir.

CHING-TU, à Astolfe, d'un ton bien cafard.

Chef indigne de notre culte,
Humble serviteur de Xaca,
Je vois en lui la cause occulte
D'un destin que nul n'expliqua.
Oui, mon cher fils, c'est sa toute-puissance
　　Qui guida tes pas en ces lieux;
C'est son doigt qui, pesant sur les flots furieux,
　　A su calmer leur violence;
C'est lui qui te tendit le débris protecteur
Qui devait s'opposer à ta perte prochaine;
　　Lui, qui vers toi porta la reine,

Et qui, dans ce moment d'horreur,
Où, sans toi, c'en était fait d'elle,
Arma ton bras et ta valeur
D'une force surnaturelle;
Voilà, mon fils, voilà le doigt qui soumet tout!

ASTOLFE.

Seigneur Ching-Tu, vous parlez comme un livre;
Mais un livre peu clair, et qu'en son faible goût,
Un soldat entend mal, ou n'entend pas du tout.
En de si beau discours, moi, j'ai peine à vous suivre.
Si quelque doigt m'a conduit en ces lieux,
Ce sera, croyez-moi, celui de la fortune;
Les vents, et non Xaca, dans les flots furieux
Nous menaçaient d'une perte commune;
Ma main, et non la sienne, à l'humide tombeau
Opposa, par bonheur, un fragile radeau;
Le reflux, le courant, non sa divine haleine,
Nous poussa vers cet archipel;
Le plaisir de la chasse, et non l'ordre du ciel,
Amena justement la reine
Sur le point où les flots nous déposaient tous deux;
Pour la soustraire à ce péril affreux,
Il fallait du sang-froid, et non un doigt robuste:
J'ai pris mon temps, j'ai tiré juste,
Et le tigre en est convenu!
Vous parlez d'un pouvoir, d'un secours inconnu?
Pourquoi couvrir des voiles du mystère
Ce qu'on peut expliquer sans le moindre embarras?
Ma carabine, et non ce divin bras,

A jeté le monstre par terre;
Car, entre nous, mon cher confrère,
Votre Xaca ne me connaissait guère,
Et je ne le connaissais pas.

CHING-TU, bas à Ting-Tam.

Quel épouvantable blasphème!

TING-TAM, de même à Ching-Tu.

Ce n'est pas le moment de crier anathème;
De la prudence: imite-moi.
(Haut.)
Étranger au pays, à notre sainte loi,
La franchise du prince en ses discours éclate:
On ne commande pas la foi.

ASTOLFE, en le regardant en face.

Seigneur Ting-Tam, avant d'être un grand diplomate,
Auriez-vous été bonze?

TING-TAM, décontenancé.

Il est vrai; mais pourquoi?

ASTOLFE.

A ce doucereux coup de patte,
Je l'aurais quasi parié;
Mais ne réveillons pas un scandale oublié.—
Autant que je le dois, vous me voyez sensible
A votre intérêt généreux;
Je vous porte moi-même un amour... indicible!
Et, pour vous le prouver, je veux
Vous confier un fait qui va, je l'imagine,

Tout en vous surprenant, vous charmer encor mieux :

(Confidentiellement.)

La reine m'a chargé d'une ambassade en Chine.

TOUS TROIS, haut et d'un mouvement involontaire.

En Chine?

TING-TAM, très vite et bas aux deux autres.

Taisez-vous! (Haut.) Le poste est glori⸱
Et tu m'en vois ravi!... (A part.) Je souffre le m⸱⸱.

CHING-TU, à Astolfe.

Et ton départ?...

ASTOLFE.

Devait être prochain;
Mais, par une raison que je ne saurais dire,
Changeant tout-à-coup de dessein,
On a laissé là le voyage!

TOUS TROIS, vivement.

Tu ne pars plus?

ASTOLFE.

Non, mes dignes amis.

TING-TAM, à part.

Ah! de quel poids ce mot-là me soulage!
(Haut.)
Pour nous, plus que pour toi, nous en sommes ravis;
Et d'autres soins rempliront ton attente;
Mais.. cette mission?

ASTOLFE, appuyant sur les mots.

Elle était importante ;
Elle nous intéressait tous.

TOUS LES TROIS, de même que ci-dessus.

Tous ?

ASTOLFE.

Tous ; mais pour remplir et mon temps et mes goûts
Et me prouver mieux son estime,
La reine m'a nommé son généralissime.

CHING-TU.

Qu'entends-je !

HO-HAM-TI.

Se peut-il ?

TING-TAM, les contenant tous deux par ses regards.

En ce grade éminent,
Que voyez-vous donc d'étonnant ?
Le choix est glorieux mais juste ;
Et, si je ne craignais de passer pour flatteur,
J'ajouterais que cette grace auguste,
Prix du zèle et de la valeur,
Honore autant le maître qui l'accorde,
Que le sujet qui la reçoit !

ASTOLFE, à part.

En cet homme-là tout s'accorde ;
Et l'on ne fut jamais plus faux ni plus adroit !

CHING-TU.

Dieu me garde en effet d'y trouver à redire!

HO-HAM-TI.

Comment donc? ce choix-là va charmer tout l'empire!

MENDOCE bas à Astolfe.

Ils vous aiment tous trois épouvantablement!

ASTOLFE, de même au même.

Les courtisans sont une cire
Qui prend la forme du moment!

(Haut, aux trois autres.)

Ainsi donc, mon destin va devenir le vôtre.
Oui, mes dignes amis, à partir de ce jour,
    Nous n'aurons plus de secrets l'un pour l'autre;
Nous servirons d'exemple aux bons amis de cour;
Vous feindrez d'aimer fort ma fortune et ma gloire;
    Moi, qui serai censé vous croire,
    J'applaudirai beaucoup aussi
    A la faveur qui vous seconde;
    Et nous nous tromperons ainsi
    Le plus courtoisement du monde!

(Il sort en riant et en entraînant Mendoce; tandis que les trois autres,
    immobiles d'étonnement, se regardent l'un l'autre, en silence.)

SCÈNE V.

LES MÊMES, à l'exception d'ASTOLFE et MENDOCE.

TRIO.

TING-TAM.

Qu'en dites-vous ?

HO-HAM-TI.

Oh ! j'en conviens :
Comme un sot je reste à ma place !

CHING-TU.

On n'eut jamais plus d'orgueil et d'audace !

TING-TAM.

Ajoute encor : plus de moyens !

CHING-TU.

Mais, enfin, que faut-il donc faire ?

TING-TAM.

Ce que nous eussions fait plus tard :
Ne plus ployer, ne plus nous taire ;
Et, pour perdre le téméraire,
Donner quelque chose au hasard !

(Ensemble à trois.)

C'est trop souffrir ! c'est trop se taire !
Oui, pour perdre ce téméraire,
Donnons quelque chose au hasard !

—

TING-TAM, en les attirant sur le devant de la scène.

Voici mon plan : de sa nouvelle charge
 Il faut qu'au terme de la loi,
 Le brevet soit signé par moi;
Et des lenteurs, moi, je me charge!

(Ensemble à trois.)
 Il attendra long-temps, ma foi!
 Par un obstacle imaginaire,
 Pour traîner en longueur l'affaire,
On peut s'en reposer sur $\begin{cases} \text{moi!} \\ \text{toi!} \end{cases}$

———

TING-TAM, à Ching-Tu.

Je passe à l'instant chez la reine;
J'éveille à dessein sa terreur;
Et d'une audience soudaine
Je t'obtiens ainsi la faveur;
C'est alors que tout va dépendre
De ton cœur, de ta fermeté;
Et qu'au nom du ciel irrité,
De Xaca, que tu viens défendre,
Ta voix l'adjure avec fierté
De forcer Astolfe à se rendre
A ton tribunal redouté!

(Ensemble à trois.)
 Au seul nom du ciel irrité,

De Xaca, que $\begin{cases} \text{tu} \\ \text{je} \end{cases}$ viens défendre,

$\begin{matrix} \text{Ta} \\ \text{Ma} \end{matrix}$ } voix, étonnant sa fierté,

Doit forcer Astolfe à se rendre

A $\begin{cases} \text{ton} \\ \text{mon} \end{cases}$ } tribunal redouté.

———

7.

TING-TAM, à Ching-Tu.

Vois comme à nos vœux tout succède !
Cent témoins bien endoctrinés,
Les bonzes par toi dominés
Viennent tout-à-coup à notre aide
Pour perdre l'infâme étranger.
Délivrés de ce grand danger,
Nous voilà sans inquiétude;
Nous reprenons notre attitude.
Si la flotte ne paraît pas,
Nous crions tous : Vive la reine !
Vient-elle à nous tirer de peine,
Le soin est encor plus léger :
Nous n'avons qu'un mot à changer,
Et nous crions : Vive la Chine !
A régner je me détermine;
Je vous comble tous deux et d'honneurs et d'argent;
On murmure, on crie, on s'effraie;
Le bon peuple illumine et paie;
Et tout va comme auparavant !

(Il sort avec Ho-Ham-Ti, en laissant Ching-Tu pensif, et étonné de
ce qu'il vient d'entendre.)

SCÈNE VI.

CHING-TU seul; puis ensuite ASTOLFE, dans le fond.

CHING-TU.

La commission m'en impose,
Et l'entretien me pèse fort !

De son libérateur lui demander la mort..?
Dieu sait comment elle prendra la chose!

ASTOLFE, à part.

Ils l'ont enfin quitté : voyons !

(Il se tient à l'écart et écoute.)

CHING-TU, toujours sans voir Astolfe.

Par son langage et ses façons,
Il a sur elle un tel empire!...
N'importe! accusons, accusons;
Ce moyen ne peut jamais nuire.

ASTOLFE,   à part.

Ah! le plan est changé? tant mieux :
Les moyens les plus prompts sont les moins périlleux!

CHING-TU.

La loi, d'ailleurs, est positive et claire.
Une fois dans mes mains, moi, j'en fais mon affaire!
     Du temple, orné pompeusement,
Avec cérémonie on l'introduit au centre;
Et là, sans autres soins, au nom d'un dieu clément,
     Je l'éventre pieusement !

ASTOLFE, à part.

Allons, c'est bien moi qu'il éventre!
(Il approche peu à peu, sans être vu par Ching-Tu.)

CHING-TU.

Oui, mais Ting-Tam?.. ce projet si profond,

7.

De monter sur-le-champ... ce projet me chagrine :
Moi-même, où monterai-je donc?

(Ici, Astolfe lui pose la main sur l'épaule, de manière à lui ôter la
   possibilité de se retourner, pour le voir; puis il répond à son discours :)

Aussi haut que lui, j'imagine?

CHING-TU , terrifié.

Divin Xaca! qu'ai-je entendu?

ASTOLFE.

La vérité, quoiqu'un peu nue.

CHING-TU.

Eh! mais... cette voix-là ne m'est point inconnue :
C'est le prince, je crois?

ASTOLFE.

C'est lui.

CHING-TU, à part.

Je suis perdu!

DUO.

ASTOLFE, tenant Ching-Tu dans la même position.

Qu'avez-vous donc, Seigneur Ching-Tu?
Mon abord peut-être vous pèse ;
Votre regard est abattu ;
Vous paraissez mal à votre aise?

CHING-TU, cherchant à se dégager.

J'en conviens : la position...

ASTOLFE.

Vous gêne un peu?

CHING-TU, de même.

Moi? mon dieu non !
Seulement, il serait possible
D'être mieux...

ASTOLFE.

Sans être encore bien;
Et pour la rendre moins pénible,
Il faut abréger l'entretien !

(Après s'être assuré que personne ne paraît, tenant toujours Ching-Tu d'une main, il lui tend l'autre, en lui disant d'un ton ferme et péremptoire :)

Le rescrit ?

CHING-TU, tremblant de tous ses membres.

Que dis-tu ?

ASTOLFE, de même, en lui montrant la place où il a caché l'écrit.

Ce mot doit vous suffire ;
Vous le savez bien : il est là !

CHING-TU.

Par le saint orteil de Xaca,
Je ne sais ce que tu veux dire!

ASTOLFE, lui pressant le bout de l'oreille.

Seigneur Ching-Tu, pour un fin courtisan,
Vous avez l'oreille bien dure?
Il faut donc parler en forban !

(Il tire un poignard, le met sur la poitrine de Ching-Tu, et d'un ton plus ferme encore, il ajoute :)

Donnez-moi cet écrit à l'instant; ou je jure
Que ç'en est fait et de vous et de moi!

CHING-TU , hors de lui.

Un poignard !... qui pouvait s'attendre ?

ASTOLFE , le tenant toujours en respect.

Commencez-vous à me comprendre ?
Point de réflexions; donnez : telle est ma loi.

CHING-TU , tirant le papier, qu'Astolfe lui arrache.

Le voici... mais du moins... du moins daigne m'entendre ;
    Et prends pitié de ma terreur !
    Cet écrit , dont j'eus la faiblesse
    D'être un moment le détenteur...
    Ce n'est pas à moi qu'il s'adresse ;
    Ting-tam a tout fait! oui, seigneur,
Lui seul a provoqué cette infâme alliance;
Lui seul est du complot l'instrument et l'auteur !
    Le ciel connaît mon innocence ;
    Et Xaca peut lire en mon cœur !

(Ensemble, à part.)

CHING-TU.

    Sur Ting-Tam détourner l'orage,
    Et sur ma candeur m'appuyer;
    C'est là le parti que le sage,
    En pareil cas, sait employer !

ASTOLFE.

    Sur autrui détourner l'orage,
    Et sur sa candeur s'appuyer ;
    Voilà la ruse et le langage
    De tous les fourbes du métier !

ASTOLFE.

Je veux bien, sur ce point, croire à votre innocence ;
 Mais dans cette triple alliance
 Il est un article secret
 Qui me concerne un peu moi-même.

CHING-TU, à part.

O ciel !

ASTOLFE.

 Certaine loi, que Ting-Tam ignorait,
 Grace à votre innocence extrême,
 Sortant tout-à-coup de l'oubli,
 Ne pouvait nuire à l'entreprise.

CHING-TU, à part.

 Il a tout vu, tout recueilli :
 Parons-nous du moins de franchise !
(Haut.)
Eh ! comment m'opposer à leur coupable espoir ?
Mon titre, mon état, me faisaient un devoir...

ASTOLFE, achevant.

D'accuser, de noircir, d'accabler l'innocence ?

CHING-TU.

 Non ; mais, par haine ou par vengeance,
 Ils t'accusaient, en leur sombre fureur,
 D'un fait puni par cette loi cruelle ;
 En me parant d'une feinte rigueur,
Je caressais l'espoir de te prouver mon zèle...

ASTOLFE.

Le masque sur les traits se modèle à ravir ;
   Et le bonze soutient son rôle !
Le mien pourrait fort bien n'être pas aussi drôle ;
   Cependant, il faut le remplir !

(Au moment où il s'apprête à sortir, Ching-Tu lui ferme le passage, en se précipitant à ses pieds.)

DUO.

CHING-TU.

Ah ! prends pitié de ma terreur mortelle !
Veux-tu me voir mourir à tes genoux !
Et ta vengeance est-elle assez cruelle
Pour n'écouter que la voix du courroux ?

ASTOLFE.

Lorsqu'abusant d'une loi criminelle,
Un fol espoir m'atterrait sous vos coups,
Écoutiez-vous, pour cette fin cruelle,
Quelqu'autre voix que celle du courroux ?

CHING-TU.

Ah ! n'use pas du pouvoir que te donne
Et ma faiblesse et mon aveuglement !
Sois généreux ; l'offensé qui pardonne,
Sans le savoir se venge doublement.

(Ensemble.)

Vers la clémence
Ton ⎱
Mon ⎰ cœur s'élance ;
A la vengeance

Ferme
Fermons } l'accès;
Sa voix perfide,
Sa main aride
Toujours nous guide
Vers les regrets ;
Mais la prudence,
Dans l'indulgence,
Voit l'assurance
D'un doux succès ;
Et, noble et pure,
Punit l'injure
Par des bienfaits !

———

ASTOLFE, après avoir relevé Ching-Tu.

Eh bien, seigneur Ching-Tu, traitons à l'amiable :
    Je suis généreux, je suis bon ;
Possesseur du secret, je tairai votre nom ;
Mais je mets au silence une condition
    Aussi simple qu'irrévocable.

CHING-TU.

Une condition? ah grands dieux, que dis-tu !
Il n'est rien que pour toi je ne jure de faire.

ASTOLFE.

    Si vous voulez me paraître sincère,
        Ne jurez pas, seigneur Ching-Tu.
Un serment, de nos jours, si lestement se prête !
Il en est des milliers dont on se fit un jeu ;

Et pour compter sur votre aveu,
Il me suffit de votre tête.

CHING-TU.

Parle-donc ; et sois sûr de mon assentiment.

ASTOLFE , appuyant sur les mots.

Ho-Ham-Ti, Ting-Tam ou tout autre,
Ignoreront entièrement
Leur commun danger et le vôtre.

CHING-TU.

Entièrement ! c'est entendu.

ASTOLFE.

Vous attendrez ici la reine.

CHING-TU.

Je l'attendrai ; c'est un point convenu.

ASTOLFE.

Et vous l'adjurerez de prononcer la peine
Que vous-même...

CHING-TU.

O ciel ! que dis-tu ?

ASTOLFE.

De cette voix et superbe et hautaine,
Qui sied aux gens de votre habit
Aux yeux des gens qu'il éblouit,

Vous lui direz : « Il faut qu'il tombe ; il faut qu'il meure !
« Il faut que son sang coule en l'honneur de Xaca !... »

CHING-TU, à part.

C'est un démon cet homme-là.

ASTOLFE.

Vous n'aurez pas grand'peine à jouer votre rôle :
        Vous l'avez appris ce matin. ——
A ces conditions ma vengeance s'immole ;
        Comptez sur moi ; ne craignez rien :
D'un soldat, d'un français vous avez la parole.

(Il sort.)

SCÈNE VII.

CHING-TU, seul.

        En quel abîme me voila !
        Que résoudre ? quel parti prendre ?
        Si je l'épargne, il me perdra ;
    Si je le perds, pourra-t-il me défendre ?
        La reine ne tardera pas ;
Ting-Tam observera ma voix, mon attitude ;
        Mes regards, mes gestes, mes pas,
Tout deviendra l'objet de sa sollicitude...
        Fatal rescrit ! affreuse incertitude !
    On vient ; c'est lui ! je ne me soutiens pas !

SCÈNE VIII.

CHING-TU; TING-TAM, il entre précipitamment et lui dit :

On sait tout : on est furieuse ;
Et, dans l'espoir de t'en imposer mieux ,
Sur mes pas on vient en ces lieux ;
C'est à toi de braver l'attaque périlleuse ;
Mais qu'as-tu donc ? tu parais consterné ;
Ton regard incertain se détourne, étonné ?
Ce n'est pas là l'instant de manquer de courage !
Ah ! j'oubliais : donne-moi le rescrit ?
Qui sait où peut tomber l'orage !
Si l'on osait te faire outrage,
Moi-même, armé de cet écrit,
Qui pour nous en vaut bien un autre,
J'abandonne au hasard ou sa tête ou la nôtre !
Donne?

CHING-TU , stupéfait.

Le rescrit ?

TING-TAM.

Oui.

CHING-TU, se fouillant.

Je l'avais... ce matin,
Je ne le trouve pas.

TING-TAM.

Grands dieux ! l'entends-je bien ?

Ma fureur se contient à peine!...
Tu l'aurais perdu?

CHING-TU.

Je le crains...

TING-TAM.

Juste ciel! eh, sais-tu que ta tête et la mienne?..

(Une marche militaire se fait entendre derrière le théâtre; Ting-
Tam saisit le bras de Ching-Tu, en s'écriant :)

La reine, malheureux! entends-tu bien: la reine!
Et le fatal écrit est peut-être en ses mains!

(Il le pousse, furieux, loin de lui.)

SCÈNE IX.

LIM-GA-Y, HO-HAM-TI et suite. LES MÊMES :

LIMGAI à Ching-Tu.

Ministre de Xaca, dois-je en croire au récit
    Qu'à l'instant on vient de me faire?
Est-il vrai qu'au mépris de ton saint caractère,
    De ton devoir, de mon crédit,
Tu prétends raviver une loi sanguinaire
    Depuis long-temps mise en oubli?
Est-il vrai que, bravant ma volonté suprême,
    Fort d'un usage à jamais abhorré,
    Tu fais retentir l'anathème

Sur le front du héros que ma main a paré
D'un titre, d'un pouvoir au-dessus du tien même?
Parle: je te permets de te justifier;
   Et, s'il le faut, je te l'ordonne!

    TING-TAM, bas à Ching-Tu, très vite.

On ne sait rien encore; ici, pour t'appuyer,
Les bonzes vont venir: réponds-lui donc; et tonne!

     FINAL.

     CHING-TU.

Le courroux des mortels n'a rien qui nous étonne,
Et leur bras nous atteint sans nous faire ployer.

   Étrangers aux plaisirs du monde,
   Nous en ignorons les terreurs;
   Et quand sur lui la foudre gronde,
   Dans notre retraite profonde,
   Le calme réside en nos cœurs.

  LIM-GA-Y, HO-HAM-TI et TING-TAM, à part, en montrant Ching-Tu.

   Un cœur de bronze,
   Un front d'airain:
   Ah! voilà bien,
   Voilà le bonze!

    LIM-GA-Y, au même.

Où prends-tu donc tant d'arrogance;
Oublîrais-tu mon pouvoir souverain?

    CHING-TU.

Je respecte fort ta puissance;
  (En montrant le ciel.)
Mais il est un pouvoir qui surpasse le tien:
   Celui de ton maître et du mien!

LIM-GA-Y, HO-HAM-TI et TING-TAM, à part.

Un cœur de bronze,
Un front d'airain :
Oui, voilà bien,
Voilà le bonze !

LIM-GA-Y.

C'est trop souffrir, un vain murmure :
Ici ma volonté fait loi !

TING-TAM et HO-TAM-TI, à part, en montrant Ching-Tu.

S'il méprise une vaine injure,

Astolfe est mort, $\left\{\begin{matrix} \text{et je suis} \\ \text{Ting-Tam est} \end{matrix}\right\}$ roi !

(Ici, les bonzes entrent en scène, et se rangent silencieusement derrière Ching-Tu,
qui, encouragé par leur présence, s'écrie :)

Ce dieu déteste le mensonge,
Il commande la vérité ;
Lui seul est grand et redouté !

CHOEUR DES BONZES.

Devant Xaca tout n'est qu'un songe ;
Tout est chimère et vanité !

CHING-TU à Lim-Ga-Y.

La loi que j'invoque est formelle,
Elle existe, elle vit toujours ;
Et cette loi, pour n'être pas nouvelle,
N'en est pas moins sans nul recours.
Reine, songes-y donc : c'est Xaca qui t'adjure
De livrer l'étranger à son saint tribunal ;
Je ne fais qu'obéir à son décret fatal.

LIM-GA-Y.

Je méprise ton imposture ;
C'est trop discuter entre nous :
Bonze insolent, crains mon courroux !

CHING-TU, avec les bonzes.

De Xaca nous craignons les coups ;
Lui seul est fort en son courroux !

(Ensemble.)

LIM-GA-Y aux Mandarins et aux soldats.

Mandarins et soldats, verrez-vous, sans murmure,
Entraîner votre chef au sanglant tribunal ?
    Chacun de vous périra, je suis sûre,
Plutôt que de laisser, par un arrêt fatal,
    Honteusement frapper son général !

CHING-TU, aux bonzes.

Ministres de Xaca, verrez-vous, sans murmure,
Outrager votre dieu, votre saint tribunal ?
    Chacun de vous périra, je le jure,
Plutôt que de souffrir qu'un pouvoir illégal
    L'emporte ainsi sur son arrêt fatal ?

TING-TAM, et HO-HAM-TI, à part, en montrant Ching-Tu.

A sa sainte fureur, à sa pieuse allure,
Qui pourrait soupçonner son projet infernal ?
    Les traits, la voix, le regard, la figure,
Tout se compose ici d'un élément égal :
    Tout est taillé sur le froc bonzical !

CHŒUR DES MANDARINS ET DES BONZES.

Chacun de nous périra, je le jure,
Plutôt que { de laisser frapper son général !
          { d'avilir notre saint tribunal !

(Ensemble.)

LIM-GA-Y, aux Mandarins.

Vous défendrez

TING-TAM et HO-HAM-TI, à part.

Ils obtiendront

Astolfe!

MANDARINS ET SOLDATS.

Nous défendrons

CHING-TU ET LES BONZES.

Que l'on nous livre

Les soldats et les Mandarins brandissent leurs sabres en signe de menace, et les Bonzes, effrayés, se groupent autour de Ching-Tu.)

SCÈNE X.

LES MÊMES, ASTOLFE paraît dans le fond, accompagné de Mendoce; tous les deux se font jour à travers la foule. Astolfe contient du geste les soldats et les Mandarins prêts à se jeter sur les Bonzes; puis il dit:

Astolfe? le voici!

LIM-GA-Y, en l'apercevant.

Infortuné! que viens-tu faire ici?

(Tableau.)

ASTOLFE, à tous, avec noblesse, mais sans emphase.

En vos mains je viens me remettre,
A vos lois je viens me soumettre;
Étranger, j'ai pu, malgré moi,
Les méconnaître, les enfreindre;
Et sans les braver ni m'en plaindre,
J'attends votre arrêt sans effroi.

LIM-GA-Y, avec le chœur des Mandarins.

Ton arrêt! peux-tu donc le craindre ,
Quand ici { je veille / nous veillons } sur toi !

ASTOLFE , remettant un écrit entre les mains de Mendoce.

Prends cet écrit, mon cher Mendoce ,
De lui peut dépendre mon sort!

TING-TAM , à part.

Qu'ai-je entendu? soupçon atroce !...
Calmons un aveugle transport !

(Ensemble.)

LIM-GA-Y , avec le chœur des Mandarins.

Non, non, le prix de { ta / sa } noble vaillance
Ne sera point un trépas plein d'horreur !
En { mon devoir; / notre amour, } en { ma / sa } püissance,
Crois qu'il te reste un défenseur !

———

ASTOLFE à Lim-Ga-Y.

Assuré de mon innocence ,
J'aurais vu la mort sans terreur :
Certain de votre bienveillance ,
Pour moi la mort est un bonheur!

TING-TAM et HO-HAM-TI , à part.

Tant d'intérêt, tant de clémence,
Tant de pitié , tant de douleur !...
La voix de la reconnaissance
A moins de force et de chaleur!

CHING-TU , à part, en montrant Astolfe.

Quel doute affreux! quelle souffrance !
Je menace , et tremble de peur !

De mon trouble naît sa constance,
Et de son calme, ma terreur !

CHOEUR DES BONZES à Ching-Tu.

De Xaca soutiens la puissance !
Sois inflexible et sans terreur !

MENDOCE, à part, en regardant Astolfe.

Voilà le prix de sa vaillance !
Voilà ce rêve si flatteur !
Moins d'audace et plus de prudence,
Eussent plus fait pour son bonheur !

(Ils sortent tous, dans le plus grand trouble, sur les pas de Ching-Tu et des Bonzes, qui entourent et emmènent Astolfe.)

FIN DU TROISIÈME ACTE.

ACTE QUATRIÈME.

Vue intérieure de la Grande Pagode. Une statue colossale occupe tout le fond du théâtre : cette statue représente un éléphant blanc ; sur son dos, et faisant face aux spectateurs, est une autre statue, qui représente une femme portant sur la main droite un jeune enfant debout. Au bas, deux autres statues représentant d'autres divinités chinoises : au milieu de celles-ci est un autel à sacrifices. Une estrade ou trône oriental s'élève à la gauche du spectateur. La scène n'est d'abord éclairée que par un grand nombre de lanternes en papier chargé de caractères symboliques ; ces lanternes sont soutenues par des statues de monstres, qui occupent les parties latérales.

SCÈNE PREMIÈRE.

ASTOLFE, précédé par CHING-TU, entre par le fond, gauche du spectateur.

ASTOLFE.

Voilà donc où se tient le fameux tribunal ?

CHING-TU.

Oui, prince, la Grande Pagode.

ASTOLFE.

Pour attendre le coup fatal,
Cet autel est vraiment commode!
Mais quel est donc cet éléphant?

CHING-TU.

Du divin Xaca c'est le père.

ASTOLFE.

Cette femme?

CHING-TU.

Ma-Ya, sa mère.

ASTOLFE.

Et ce joli petit enfant?

CHING-TU.

Le sublime Xaca lui-même.

ASTOLFE.

Et vous croyez à tout cela?

CHING-TU.

Nous y croyons, cahin caha;
Mais nous avons un intérêt extrême
A conserver ces hochets-là.

ASTOLFE.

L'aveu mériterait d'être écrit sur le bronze;
Tant de sincérité m'étonne, j'en convien:
Je n'aurais jamais cru qu'un bonze
Pût se *débonzifier* si vite ni si bien!
Quoi qu'il en soit, c'est ici qu'on me juge?

CHING-TU.

Oui, prince; mais rappelle-toi....

ASTOLFE.

Je l'ai voulu; je le sais; et de moi
Ne craignez aucun subterfuge.

CHING-TU.

Il en est temps encor : sonde un peu le terrain,
Vois ce qu'il te faut craindre et ce que tu souhaites ?

ASTOLFE.

J'ai tout prévu, soyez-en bien certain!
Quand le péril est si prochain,
Autant vaut, réflexions faites,
Lui faire face aujourd'hui que demain!

CHING-TU.

Sur le danger ta confiance glisse;
Mais connais-tu si peu les cours,
Qu'un poste sûr, un sort long-temps propice
A tes yeux y semble toujours
Le prix certain d'un grand service?
Ce serait juger mal la place et ses entours!
Tu comptes, je le vois, sur la faveur promise
Par la reine et les mandarins?
Mais la reine aux lois est soumise;
Et dans les piéges trop certains,
Qu'avec art il creuse dans l'ombre,
Ting-Tam a fait déjà tomber le plus grand nombre;
Et, pour te dire ici toute la vérité,
Naguère il s'en vantait encore en ma présence!

ASTOLFE.

Soit ; mais s'est-il aussi vanté
D'avoir acheté mon silence?

CHING-TU.

Il est bien fin ! et vingt fois je l'ai vu,
Sous le manteau de sa fausse vertu,
Étouffer, en riant, le cri de l'innocence !...
Mais on vient en ce lieu?... c'est lui-même !

ASTOLFE.

Fort bien !

CHING-TU.

Sa présence, à coup sûr, cache quelque mystère.

ASTOLFE.

Retirez-vous ; laissez-moi faire :
Je me charge de l'entretien !

(Ching-Tu sort du côté opposé à celui par lequel Ting-Tam entre,
c'est-à-dire à la droite du spectateur ; Astolfe se retire lui-même
de ce côté, et va tranquillement s'appuyer sur la statue du premier plan.)

SCÈNE II.

TING-TAM , dans le fond ; ASTOLFE , à l'écart.

DUO.

TING-TAM , à part.

Je l'aperçois.

ASTOLFE, de même.

Il m'a vu.

TING-TAM.

Du courage !

ASTOLFE.

Le tigre approche d'un air doux.

TING-TAM.

S'il peut croire à notre message,
S'il fuit, la victoire est à nous ! —
Cet écrit remis à Mendoce?...

ASTOLFE.

Ah! l'écrit l'inquiète un peu.

TING-TAM.

Sans écouter une terreur précoce,
Éloignons-le prudemment de ce lieu.

ASTOLFE, se découvrant à lui.

C'est vous, seigneur Ting-Tam ?

TING-TAM.

Oui, prince, c'est moi-même.

ASTOLFE.

De vous voir ma joie est extrême ;
Mais que venez-vous faire ici?

TING-TAM, confidentiellement.

Par un bienfait payer ta haine ;
Et te prouver qu'un homme dans la peine,
Peut être secouru par un ami de cour !

(Ensemble, à part.)

ASTOLFE.

De cet air franc, de ce simple langage ,
De ce discours avec art apprêté ;

Il faudrait être incrédule ou bien sage,
    Pour suspecter la vérité.

TING-TAM.

Pour le tromper, quand je prends le langage
Par tant de gens à la cour usité,
Je me conforme à l'exemple, à l'usage,
    Et j'ai pour moi l'autorité!

———

(Haut, à Astolfe.)

    Je ne sais trop, à ne rien taire,
    Comment tu suspectes ma foi ;
    On m'aura peint peut-être à toi
    Comme un homme assez peu sincère;
    Mais qu'opposer aux vains propos
    D'une cour maligne et légère ?
Et la sincérité, partout ailleurs si chère,
    Est ici la vertu des sots !

(Ensemble, à part.)

ASTOLFE.

Oh ! pour le coup, il est sincère :
Il peint la Cour en quatre mots!

TING-TAM.

Il faut parfois être sincère,
Sauf à mentir plus à propos !

———

ASTOLFE , haut.

J'aurai cru quelque bruit futile !
Mais que voulez-vous, en effet?

TING-TAM, à part.

Il est arrogant et tranquille :
Il a le rescrit, c'est un fait!

(Haut.)

L'heure avance, le temps presse;
Parlons peu , décidons bien.
Sa Hautesse
S'intéresse
A ton malheureux destin ;
Et dans ce moment funeste ,
Seul protecteur qui te reste,
Elle t'ordonne, à l'instant
De fuir la mort qui t'attend!

(Ensemble, à part.)

ASTOLFE.

Tant d'intérêt serait possible ?
Dois-je en croire à ce qu'il me dit?

TING-TAM , l'observant.

J'ai su toucher l'endroit sensible;
Il hésite : il n'a point l'écrit !

———

(Haut en découvrant un riche écrin.)

Pour assurer ton existence
Dans les pays les plus lointains,
Ce don de sa munificence
Doit être remis en tes mains.

(Légèrement, mais en attachant les yeux sur lui.)

Quant à l'écrit qui contient ta défense,
Et que Mendoce à mes soins a commis....

ASTOLFE , hors de lui.

Que dis-tu? ciel ! quelle imprudence !
Il aurait pu ?

TING-TAM.

D'où naît cette terreur ?

(Ensemble, à part.)

ASTOLFE, à part.

Non, non ; la ruse est trop grossière ;
Et je rougis de mon erreur !

TIMG-TAM, à part.

Ce trouble est un trait de lumière :
Mendoce en est le détenteur !

———

(Haut à Astolfe.)

Sur le port, avec moi,
Hâte-toi
De te rendre ;
Le bâtiment qui doit te prendre,
Pour partir n'attend plus que toi.

ASTOLFE, avec son premier calme.

Pour partir ?

TING-TAM.

Sans doute !

ASTOLFE.

Et pourquoi ?

TING-TAM, avec une agitation feinte.

Ah, malheureux !... il le demande ?
N'entends-tu pas l'arrêt sur toi près d'éclater ?
Ne vois-tu pas l'autel où tu vas palpiter ?...
Des témérités la plus grande ,
C'est d'attendre le coup que l'on peut éviter !

(On entend un bruit de fanfares derrière le théâtre.)

Écoute, entends-tu le signal ?
La reine vient; le tribunal
Va s'assembler; et ta perte est certaine !

ASTOLFE, allant s'appuyer de nouveau contre la statue du premier plan.

Eh! bien, laissons venir la reine,
Et rassembler le tribunal!

(Ensemble à part, tandis que le bruit des fanfares approche de plus en plus.)

TING-TAM.

O jour d'effroi! bruit d'épouvante!
A le séduire en vain je tente.
A son destin s'unit mon sort;
En se perdant, il veut ma mort !

ASTOLFE, en le regardant.

Oh quel effroi! quelle épouvante !
A chaque instant sa peur augmente.
De mon destin dépend son sort;
Et, si je vis, le traître est mort!

——

SCÈNE III ET DERNIÈRE.

Précédée par Ho-Ham-Ti, Mendoce et les officiers de sa suite, Lim-Ga-Y, revêtue de la robe royale, entre du côté du trône, sur lequel elle s'assied; Ho-Ham-Ti et Ting-Tam se placent debout devant-elle. Ching-Tu avec les Bonzes entrent du côté opposé. Les Mandarins se tiennent du côté du trône, et les Bonzes se placent en face. Mendoce rejoint Astolfe, et le serre entre ses bras. Pendant tout ceci, le chœur des Mandarins et des Bonzes accompagne la marche, en invoquant en langue chinoise, les principales divinités du pays.

CHOEUR CHINOIS.

(Les consonnes finales se prononcent.)

HOU YOU TSIN

KIN GHAN

HI NO HAN

QUOA NIN

TA YO FO HI

NI NI FO

MA YA

NE HO MA

XA CA.

MENDOCE , bas à Astolfe.

Ils invoquent, je crois, leur éléphant sublime?

ASTOLFE , de même au même.

On peut être dévot et crier un peu moins!

LIM-GA-Y, sur le trône, à Ching-Tu.

Ministre de Xaca, dénonce-nous le crime;
Indique-nous la loi; nomme-nous la victime;
   Fais-nous entendre les témoins.

TING-TAM, à part.

   Voici le moment redoutable!

CHING-TU.

Serviteurs de Xaca, de ses rites divins,
   Reine, Colaos, Mandarins,
Je viens vous dénoncer un crime abominable.
   La loi, qui frappe le coupable,
   Se perd en ces temps plus heureux,
  Temps de vertus, de croyance et de gloire,
   Où, dans le cours de son règne pieux,
   Le pieux Ya-o, de pieuse mémoire,
Éventra pieusement sa femme et ses trois fils,
   Accusés d'avoir, sans licence,
   En un certain jour d'abstinence,
  Mangé tous trois des ognons cuits!
Pour ne point abuser de votre patience,
   Je passe au texte; écoutez-bien :

(Il déroule un papier, et lit.)

  « *Lorsque le trône Coréen*
  « *Est occupé par une reine,*
  « *La mort la plus prompte est la peine*
« *De celui qui sur elle ose poser la main.* »

  Voilà la loi ; voici le crime :
Un des deux étrangers en ces murs accueillis,
Le nouveau Colao, le généralissime,
  Astolfe, enfin.... ô mœurs ! ô temps proscrits !
  A posé la main sur la reine !
Que dis-je ! il a fait plus, pour mériter la peine,
  Il l'a reçue et pressée en ses bras !

FINAL.

CHING-TU ET LE CHŒUR DES BONZES.

  Vous l'avez vu, braves soldats !
  Contre le ciel armerez-vous vos bras ?

CHŒUR DES MANDARINS, à part.

  Nous l'avons vu : quel embarras !
  A cette loi je ne m'attendais pas.

CHING-TU.

  Mes témoins ? m'a-t-on dit ; il n'en manquera pas :
    Chacun de vous a vu le crime,
    Et chacun de vous en frémit !

Respectez notre loi; livrez-nous la victime;
Le crime est prouvé, j'ai tout dit.

(Ensemble.)

LIM-GA-Y, à part.

O supplice! ô terreur! ô crime!
Réprimons encore mon dépit!

CHOEUR DES MANDARINS ET DES BONZES.

Il demande, il veut la victime;
Et la loi soutient ce qu'il dit.

TING-TAM et HO-HAM-TI, à part.

Pourraient-ils sauver la victime,
Quand la loi soutient son crédit?

— — —

Pendant le Sextuor suivant, les Colaos et Mandarins se forment en cercle, au
fond du théâtre, pour se consulter et recueillir les voix.

(Ensemble à six.)

LIM-GA-Y, TING-TAM, HO-HAM-TI et MENDOCE.

Pour le tirer de cet abîme,
Chacun d'eux balance et faiblit.
Le courroux
La terreur } qu'en vain je réprime,
S'accroît encor par ce répit!

CHING-TU, à part.

Pour se plonger en cet abîme,
Employer ma voix, mon crédit!
Mais le calme est pour la victime,
Quand le juge tremble et pâlit.

ASTOLFE, à part, en indiquant le conseil des Mandarins.

> Pour me tirer de cet abîme ,
> Chacun d'eux balance et faiblit.
> Délaisser celui qu'on opprime ,
> De la Cour voilà bien l'esprit !

(Les Mandarins reprennent leur place, et l'un d'eux dit à la reine :)

Le conseil a jugé cette cause importante ;
Contre la voix du ciel, sa voix est impuissante :

(à Astolfe.)

Toi-même expose donc ta défense à ses yeux.

———

(Ensemble, à part.)

LIM-GA-Y et MENDOCE.

O perfidie ! ô jour affreux !

TING-TAM, CHING-TU et HO-HAM-TI.

Moment terrible et périlleux !

ASTOLFE, avançant au milieu de la scène.

> La défense est avilissante ,
> Lorsque le crime est glorieux;
> Loin de nier le mien, ici je m'en honore;

(Montrant Lim-Ga-Y.)

> J'ai sauvé ses jours précieux :
> Ce que j'ai fait , je le ferais encore,
> Devant mes juges et leurs dieux !

LIM-GA-Y , à part.

O grandeur ! ô vertu touchante!
Ah! qui pourrait ne pas sentir

L'effet de ta voix éloquente !

(Aux membres du conseil.)

D'une tache à jamais sanglante
Hâtez-vous donc de vous couvrir !

(Les Colaos et Mandarins se rassemblent de nouveau.)

ASTOLFE, à Lim-Ga-Y, pendant la délibération du conseil.

Que votre ame ici se rassure ;
Cachez-moi ce noble intérêt !
J'ai sauvé ce que la nature
Eut de plus beau , de plus parfait :
Sans repentir et sans murmure,
A vos pieds j'attends mon arrêt.

(Il se prosterne devant le trône de la reine.)

(Ensemble à part.)

ASTOLFE.

Unique et doux espoir
De reconnaître si l'on m'aime,
Toi, qui charmes ma peine extrême,
J'ose à peine encor t'entrevoir !

LIM-GA-Y.

Unique et seul espoir
De conserver celui que j'aime,
Toi, qui calmes ma peine extrême ,
Ne te laisse pas entrevoir !

———

(Les membres du conseil reprennent leurs places.)

LIM-GA-Y , aux Mandarins.

Eh bien , qu'avez-vous résolu ?

UN MANDARIN.

Bien que chacun de nous le vénère et le plaigne,
Pour le maintien des lois, pour l'honneur de ton règne,
    Notre arrêt, hélas, est rendu :
Il faut qu'il meure !

LIM-GA-Y se lève tout à coup, et s'écrie avec l'accent de la plus vive
indignation.

            O ciel! l'ai-je bien entendu?
Ainsi donc mon désir, mon pouvoir se dédaigne ;
On ose donc ainsi provoquer mon courroux?
Qu'il meure, dites-vous? et, moi, je dis : qu'il règne !

    (Elle descend précipitamment du trône.)

Colaos!Mandarins ! Esclaves ! courbez-vous :
Tombez, tombez, vous dis-je, aux pieds de mon époux!

    (Ensemble.)

ASTOLFE , avec tous les autres, en se jetant aux pieds de Lim-Ga-Y.

    Qu'ai-je entendu! $\left\{\begin{array}{l}\text{moi, votre}\\\text{lui, son}\end{array}\right\}$ époux?

            ——

            TABLEAU.

LIM-GA-Y, lui tendant la main pour le relever.

Astolfe , ta surprise est vaine :
Cet arrêt est celui du devoir, de l'honneur;
    Le seul enfin qu'il me convienne
De prononcer sur mon libérateur!

                        9.

(Ensemble.)

ASTOLFE, MENDOCE, CHING-TU et CHOEURS.

O surprise! ô joie! ô bonheur !

TING-TAM et HO-HAM-TI , à part.

O surprise ! ô crainte! ô terreur !

———

LIM-GA-Y et ASTOLFE.

A ce bonheur je crois à peine :
Si c'est un rêve, il est trop doux !

MENDOCE , bas à Altolfe, en lui donnant un papier.

Et le rescrit, qu'en ferons-nous ?

ASTOLFE , au même, en prenant le papier.

Le bonheur dont notre ame est pleine,
Pour être pur doit s'étendre sur tous :
Ennemi, je pouvais n'écouter que la haine;
Prince, je ne dois plus connaître le courroux.

(Il déchire l'écrit , et en jette les morceaux loin de lui.)

TING-TAM , bas à Ho-Ham-Ti, après avoir remarqué l'action d'Astolfe.

Il le déchire, il nous pardonne à tous !

CHOEUR GÉNÉRAL.

Vive Astolfe! vive la reine!
Qu'ils règnent à jamais sur l'empire et sur nous !

(Ensemble.)

LIM-GA-Y et ASTOLFE.

Doux prestige, adorable songe ,
Qui du vrai prenez la couleur,

Ah ! si vous n'êtes qu'un mensonge,
Trompez toujours , trompez ainsi mon cœur !

——

LE CHOEUR , avec les précédens.

Votre bonheur n'est point un songe,
Il a pour base et l'amour et l'honneur.

ASTOLFE , seul.

Long-temps sur la terre et sur l'onde,
La fortune, fuyant comme un trait ,
A la poursuivre m'invitait.
Je l'ai suivie , et j'ai bien fait;
Car il était dit , en effet,
Que ce serait
Au bout du monde
Qu'Astolfe enfin l'attraperait!

CHOEUR DES MANDARINS ET DES BONZES.

En ce beau jour prenant sa place,
Les doux plaisirs chassent l'effroi !

TING-TAM , HO-HAM-TI et CHING-TU , à part,avec le chœur.

Hymen heureux! je te rends grâce :
Toi seul tu calmes mon effroi !

LIM-GA-Y , ASTOLFE et MENDOCE , avec les autres.

Orage heureux ! je te rends grâce :
Quel calme eût fait autant que toi !

FIN DU QUATRIÈME ET DERNIER ACTE.